10
U0045748
Welcome to
the Classroom of
the supreme principle
of force
Kadokawa Fantastic Novels
歡迎來到實力至上主義的教室
衣笠彰梧
トモセシュンサク

坂柳有栖
支配Ａ班頂點的
少女。為了勝利
不擇手段。

真嶋智也
A班班導。和茶
柱、星之宮從以
前就是朋友。
鬼頭隼
A班首屈一指的
武鬥派。外表不
像一年級生。

「妳有話要對我說吧？我就聽聽吧。」
要是她在此說出是為了跟哥哥重修舊好，
談話就會到此結束。
學打算毫不猶豫地離開。
換做以前的鈴音，就算她這樣回答也不足為奇。

「今天我想跟哥哥說的，
就是……
請你──給我勇氣。」

「欸，綾小路同學。」
「嗯？」
「綾小路同學……難不成是個很厲害的人？」

10

Welcome to the Classroom of the supreme principle of force

歡迎來到實力至上主義的教室

衣笠彰梧
KINUGASA SYOUGO
トモセシュンサク
TOMOSESHUNSAKU
10
歡迎來到
實力至上主義的教室
Welcome to the Classroom of the supreme principle of force
Kadokawa Fantastic Novels

歡迎來到實力至上主義的教室 10

Welcome to the Classroom of the Supreme principle of force

contents

彩頁、內文插畫／トモセシュンサク

平田洋介的獨白

對我來說，班上的朋友是非常重要的存在。

……不對，似乎有點不一樣。

對我來說，重要的是班級。

我自己也很清楚其中有著不可思議的矛盾。

為了保護重要的朋友而保護班級。

保護了班級，就可以保護朋友。

所謂的班級，就是好幾十名學生聚集成的一個組織。

有多少人就有多少想法，會因為小事就起糾紛。

所以，我必須保護他們。

不知不覺間，對我來說、對我這個存在來說，保護班級變成一種課題。

可是——那並不是真正的、原本的我。

我原本並不是班級中心人物那種存在。

硬要說的話，就是那種無法出鋒頭的人物。

如果以C班來說，應該就跟綾小路同學很類似吧。

所以，我有時候會把他跟過去的自己重疊在一起。

可是我改變了。

發生了某個事件，使我不得不改變……

我有個從小就非常要好的朋友。

從幼稚園到國中都一直同班的朋友。

那個朋友在我不知道的地方遭到霸凌而且自殺未遂。

不對，他會活下來也只是個偶然。

就算死了也不足為奇。

那天——

那天起，我的命運就開始改變。

我變得會去思索怎麼做才能讓霸凌消失。

但我失敗了。

我用錯誤的做法控制班級。

班上的糾紛消失了，但笑容也同時消失不見。

現在，我的眼前就要再次上演同樣的事情。

我不能重蹈覆轍。

這樣的我得到了一個答案。

可以保護班級的唯一辦法。

就是——

展現在我眼前的景象，是露出吃驚表情的同學們。

「堀北……妳給我稍微閉嘴。」

這些話一點都不理智。

我說的話既粗魯又粗暴。

我發出的這些聲音，有別於憤怒或悲傷。

包括堀北同學在內，同學都對我投以異樣的眼光。

無所謂。

事到如今都無所謂了。

在最糟糕的特別考試就要結束時。

我，我——

暴風雨前的寧靜

期末考結束數日，今天起終於就要進入三月了。

在大家都對期末考結果公布充滿好奇的星期一。

萬一不及格，等著我們的就會是退學處置。

「老師，現在開始就要公布了吧！」

精神百倍的池無法乖乖地坐著。他把身體向前傾，詢問班導茶柱。

「不用那麼急，這是用不到一分鐘就會知道的事。」

茶柱做出一慣的動作，攤開了她帶來的一大張紙。

這間學校大致上都會利用手機或電子討論區上的公告來公布成績，但似乎唯有發表攸關退學的筆試結果一直是維持這種形式。

「考試的手感還可以嗎，池？」

「這、這個嘛，雖然我拚命念書了啦……」

「拚命念書了嗎？這樣還會不安啊？」

與其說是傻眼，倒像是覺得有點滑稽，茶柱輕輕地笑著。

從平常就考得很糟的池看來，他當然不管讀多少書都會覺得不安吧。

「每次都在爭奪最後一名之座的須藤，你怎麼看？」

本來的話，他是感到最不安也不奇怪的學生。

就算說他在截至目前的考試上幾乎全科都淪為最後一名也不為過。茶柱以為他會回以跟池一樣的答覆，結果卻冒出了出人意表的發言。

「……至少我有信心。我絕對不會考不及格。」

「哦？」

須藤除了運動以外就沒有其他長處，但是我可以從他的表情與聲音觀察到某種自信。

他當然也跟池一樣，多少有點不安吧。

不過，超越那些不安的努力以及經驗，讓須藤有了自信。

藉由跟堀北反覆讀書而學到的知識，跟臨時抱佛腳學來的充場知識不一樣。那是在腦中一點一滴、慢慢深植進去的東西。

須藤的讀書老師——堀北，她的臉上也沒有憂鬱的表情。

不過，她似乎對得意忘形的須藤有點不滿。

「呼……孩子的成長還真有趣，無法完全預測誰會有所成長。你們三兩下就顛覆了我的預

想。好啦，那我就來公布各位引頸期盼的期末考結果吧。」

所有人的考試結果都被貼到了黑板上。

之後不及格的標準就會被茶柱畫出來。

在那條線下方的名字都會被強制退學。

「這次的結果——」

茶柱拿的那支紅筆，筆尖抵在紙上，筆直地畫出一條橫線。

那條命運的紅線。

底下——沒有任何一個學生的名字。

代表……

「所有人都漂亮地及格了，這是目前為止最無可挑剔的結果。」

茶柱公布了我們C班全員及格。

「好耶！」

最先大叫的人是池。

他應該相當心驚膽顫吧，因為平均分數最後一名的就是池。

「哎呀——真是不費吹灰之力耶。哈哈哈哈……好險！」

他反覆看著這種名字正下方有條紅線的狀態，同時這麼說道。

「我只有在前一天稍微念了一下喔！」

倒數第二名的山內更是接著池這麼說。

「少騙人了，春樹。你不是每天都死命讀書嗎？」

「是這樣嗎？哇哈哈哈！」

無論如何，因為池跟山內都及格，誰都不會對此有所不滿吧。

茶柱以有點溫暖的眼神看著他們這種模樣。

話雖如此，這結果真教人意外。

倒數一名是池，第二名是山內，接著後面是本堂、佐藤、井之頭。

而須藤的名字寫在井之頭的上方。

從須藤至今的成績去想，這可以說是跳躍性的大幅進步吧。

「這一年，在考試成長空間的意義上，你是最厲害的喔，須藤。我也可以理解你怎麼會有自信及格，也讓我期待你接下來的成長吧。」

茶柱也說出了跟我一樣的感想。

「嘿。也不到值得驕傲的地步啦。」

須藤嘴上這樣說，但好像也在暗自竊喜。

另一方面，前段陣容的名單基本上也跟平常差不多。

第一名是啟誠，第二名是高圓寺。因為啟誠的學力原本就很高，而且總是勤勉地念著書，因此保住了第一名。不過，高圓寺就是個謎了。他平常看似都沒在讀書，也沒跟誰交流過意見。如果他運用原本就有的學力，潛力可能還會凌駕在啟誠之上。從他的名次有點參差不齊看來，他也可能是根據考試內容不同而放水。第三名是堀北。她給人不擅長英文的感覺，這次卻考到了很高的成績。應該是陪著須藤讀書，同時成功提昇了本身的學力。

「那別班怎麼樣呢，老師？」

「都跟你們一樣平安熬過了。按照班級的平均分數，你們是第三名。」

應該也不用問第一名、第二名，跟最後一名是誰了吧。

「要超越A班跟B班的話，還是需要更加提昇整體成績呢。」

堀北沒對結果感到驕傲，並且把名次與分數都記錄了下來。

因為前幾名的那些人都接近滿分，成績幾乎都固定下來了。事實上，我們也只能提昇下面名次的人們——換句話說，也就是最低分數。

「虧妳可以把須藤教成這樣，真讓人佩服。」

「這是他自己努力的結果，這次是他徹底克服弱點才起了作用。」

須藤不擅長的科目跟堀北一樣都是英文，不過成績卻有了飛躍性的成長。

從他們的成績也可以觀察到讀書是以英文為重點。

「下次考試時，應該可以再把更高分當作目標吧。當然，前提是他的專注力沒有耗盡。」

這部分應該不用擔心。只要有堀北在，須藤就會繼續努力。

須藤自己應該也開始找到了讀書的手感。

說不定近期就會擠進上段名次的中間。

「池同學和山內同學距離不及格似乎還有些空間，定期舉行讀書會看來是正確的。接下來，就是如果我隔壁的某位仁兄可以全力應考，就會再拉高一些平均成績。」

「現在就是我的極限。」

我一如往常考得不好也不壞。這次的結果是第十八名。

「我不會因為你說這些話就接受。我遲早會讓你也認真應考。」

「為了能順應妳的期待，我姑且會加油。」

無論如何，這次也可以順利熬過考試很重要。

池和山內他們，以及低空飛過的學生們都放下了心，並且互開玩笑。C班班導茶柱以平靜的眼神注視著他們這種模樣。

「雖然這種表達方式很簡單，不過我就先稱讚你們做得很好吧。」

茶柱不太會誇獎自己帶的班級，最近意外地開始改變了。說不定她原本就有預感所有人都會平安熬過這場期末考。

「太好了！」

「不過啊，池，高興過頭也是個問題喔。如果是特別考試就姑且不論，但這種學業層面的筆試，沒有考不及格是理所當然。再說，從全國來看，這場筆試的難度也不是最頂尖的呢。」

與至今一年期間的筆試相比，這次筆試的難度確實很高。不過，校方有確實準備學生可以過關的程度，這部分也可以說是在維持學校的門面吧。

「那麼，一直聊著開心的話題也沒用。」

茶柱把教室籠罩著的氣氛一瞬間從愉快轉為沉重。

老樣子的發展。

「我想，你們也隱隱約約預想到。就算考完筆試也不會就此結束，之後將舉行大型特別考試。按照往年，考試會安排在三月八日開始舉行。」

茶柱做了說明。

三月八日，就是下星期一了嗎？

雖然筆試才剛結束，不過這個學年度的行程也沒剩下多少了，所以這也理所當然。

據說，三年級生除了那場特別考試之外還有一場以上的考試。

「總之，下次的特別考試就是最後一場。大家同心協力地加油吧。這麼一來，我們應該就可以沒有任何人被退學，以這個班級爬上A班。」

平田拋出了激勵，不少學生都步調一致地點了點頭。

茶柱有點欣慰地看著這種模樣。

「如果是你們的話，可能真的會就這樣三年間都沒出現任何退學者迎向畢業。我會這樣期待。」

距離班會結束還有一些時間，但茶柱還是補上這麼一句話，做了總結。

「總覺得好像被老師做了最高級的誇獎，對吧？」

池跟山內高興地笑著。

「不過別鬆懈喔，下星期的最後一場考試一定也很難考。」

茶柱簡單地告誡他們，再次總結。

1

身為一年級的生活已經所剩無幾了。

我在上午課程的休息空檔去了一趟廁所。

然後在回去的路上碰到了兩個很眼熟的二年級跟三年級在談事情。

他們是學生會長南雲，跟前學生會長堀北學。

我覺得這只是偶然，不過南雲馬上就發現了我的存在。

我被他招手呼喚，也不能裝作沒發現就回去教室。

「嗨，綾小路，你撐過期末考了嗎？」

南雲表現得很自然直率，堀北哥哥則只有靜靜地看著我。

「勉強。」

我們沒什麼特別理由地開始對話。

「你這種不親切的感覺，真不讓人覺得是面對學生會長的態度耶。」

「……是這樣嗎？」

我稍微端正了態度。雖然不知道這樣他是否就會接受，但多少會比較好吧。

「唉，算了。比起這個，正好，我有件事想問你。」

南雲就像是在說幸好附近沒人，一臉開心地這樣開口：

「一之瀨的誹謗中傷。為了轉移那些話題，把各種學生的謠言寫入討論區上的那起事件，到底是誰做的呢？」

這些話彷彿是在試探我。不對，或者就像是在說自己已經識破了真相。

不論南雲握有多少情報，我的態度都不會改變。

「這個嘛，我不知道耶。不過，倒是只有被帶來麻煩的這點是事實呢。」

「這麼說來，你也是受害者呢。內容是什麼啊……」

「關於那件事，校方已經通知別再做多餘的事情。我覺得即使是學生會長也不例外。」

像這樣試探般的舉止，本來就是應該避免的事情。

「綾小路說得沒錯，南雲。我們應該少做出不謹慎的發言。」

南雲受到堀北的掩護射擊，因此馬上就作罷了。這好像也不是他特別想聊的話題。

「你們兩位名人在這裡聊些什麼啊？」

「我跟堀北學長有點事要商量，對吧？」

堀北哥哥對於投來含有某些意圖視線的南雲靜靜點頭。

不過，這地點真讓人在意。這裡是排滿一年級班級的樓層，有種突兀感。

「堀北學長能否平安在A班畢業的重要戰鬥比一年級和二年級都還要早舉行，明天起就要開始前哨戰。我就是在直接問他那件事。你也很感興趣吧？」

三年級生跟我們不一樣，可以預期還有一場以上的特別考試。

我覺得什麼時候開始都不奇怪。

雖然不知道南雲想讓我說些什麼，這邊我就先老實回答吧。

「我並不特別感興趣，畢竟我也沒什麼餘力擔心高年級生。」

對於我不表示關心，南雲露出了有點不滿的表情。

「真冷淡耶，你也是堀北學長其中一個疼愛的人吧。」

我可不記得自己有被疼愛。

實際上，我這一年與堀北哥哥扯上關係的事，真的屈指可數。

「不，你被他看得很特別喔，綾小路。不過，這不是因為你是特別的學生，只是因為你身處的環境碰巧很特別。沒錯，因為你就剛好跟在那裡擔心地看著這邊的學妹是同學。」

學妹？我回過頭，看見堀北遠望著這裡的身影。

就偶然來講，這裡聚集的成員也太過於巧合了。

「是你把她叫來的嗎，南雲？」

「先跟學長的妹妹打聲招呼是理所當然的吧？因為我明年就會作為學生會長帶領學弟妹們。」

看來堀北兄妹都在場是南雲安排的。

唯一的偶然要素就只有我。

「過來這裡啊。」

南雲直率地叫了堀北的妹妹。

「……寄信給我的就是南雲學生會長嗎？」

「正確來說有點不一樣，不過差不多。你就是堀北學長的妹妹吧？」
「是的……我是堀北鈴音。」
也因為這是在哥哥面前，因此堀北答得很畏縮。
「想不到堀北學長的妹妹入學時會被分到D班呢，真教人意外。」
「你的目的是什麼，南雲？」
堀北哥哥完全沒看向妹妹，而是催促南雲回答。
如果他安排了這場面，應該就有某些意義。
然而，南雲卻回答：「什麼也沒有。」並且左右搖頭。
「我只是想見個面，見你跟你那位妹妹。」
說不定他有品鑑的目的。
堀北哥哥就是感受到這點才會先發制人。
「我話先說在前頭，你最好別以為利用我妹就能讓我妥協。」
「妥協？怎麼可能。你說我會對你妹妹，而且又是可愛的學妹出手嗎？」
「為了勝利不擇手段。那應該才是你的為人。」
南雲沒有肯定堀北哥哥的嚴厲發言，但也沒有否認。
「話雖如此你還真見外耶。有妹妹的話，明明就可以早點告訴我。這麼一來，我就會在很早

的階段邀請她加入學生會。」

「什麼？」

兄妹倆都很驚訝南雲說出讓人意外的話。

「如果是學長的妹妹，就算是學生會長的位子，她在我畢業之後也坐得上去吧？如果她是你這個在這間學校被頒發諸多榮譽的男人的妹妹，這就頭銜來說也很足夠了呢。」

「不要只憑血緣關係就推定別人的實力。無論我做得怎麼樣，我妹都一律與我無關。」

「……是的，我無法勝任學生會的職務。」

堀北妹妹就像是接受了哥哥的否定，也貶低自己似的否定了加入學生會一事。

以前我在暗示學生會的話題時，她本人也持否定態度。

南雲似乎從妹妹這種也可以當成是在謙虛的態度看出了什麼端倪。

「今天總之只是碰個面，我之後會再約。」

雖然實際上想不想把她加入學生會又是另一個問題，但這很像是南雲在宣言今後也會積極地糾纏堀北妹妹。他或許就是打算像這樣使人動搖，找出堀北哥哥的弱點。

「……那就這樣，那個，我──」

堀北不是要從南雲身邊逃走，而是要從哥哥那裡逃走似的這麼說，並且打算結束話題。

「學長的校園生活也沒剩多少了，多跟他撒點嬌會比較好吧？」

「不好意思，我失陪了。」

堀北判斷對哥哥來講，繼續說下去會令人很不愉快，於是就往教室方向小步疾行。看見他妹妹的模樣，不管是誰都會了解他們兄妹的關係有多差。

「你們的關係還真『好』呢，堀北學長。」

「你滿意了嗎，南雲？」

不管南雲想打什麼歪腦筋，對堀北哥哥來說好像都無所謂。

「如果是我的話，我就會更珍惜跟妹妹剩下來的時光呢。」

南雲有一半算是在刺激他，但追著哥哥來到這所學校的堀北，至今跟哥哥只有短暫的接觸也是事實。

「總之，學長。請你想辦法在A班畢業，對在校生彰顯存在感喔。萬一你掉到B班畢業，那可就笑不出來嘍。」

那麼一來，就會變成是他在辜負學校期待、辜負學生期待吧。

壓力也會相當沉重……不對，他似乎也不是會感受到那種情緒的男人吧。

堀北哥哥感覺話題結束，便沒多說什麼就離開了。

「哎呀呀，這種程度還是沒辦法讓他理會我嗎？」

南雲無論如何都執著在堀北哥哥身上。

「跟前學生會長的勝負就那麼重要嗎？」

南雲在不久前舉行的合宿上就捲入了與自己無關的三年級生，以這種不擇手段的方式對堀北哥哥發起攻擊。

「當然啊，打敗堀北學長就是我在這間學校唯一還沒完成的目標。」

若是二年級跟三年級，就幾乎不會有直接決勝負的場面。

不管要使出多強硬的手段，南雲應該都打算實現對決。

「不過，該怎麼做就得取決於考試內容跟堀北學長了呢。」

不管會樹立多少敵人，南雲都打算在畢業前跟堀北哥分出高下。雖說要視內容而定，但不論是怎樣的考試，南雲應該都會去干涉。

因為能和堀北哥哥分出勝負的時間幾乎所剩無幾。

「南雲學生會長你才是呢，下星期開始的特別考試沒問題嗎？二年級生的話，我想應該很不好考。」

「不知道耶，你就先盡量期待我會踢到鐵板吧。」

休息時間就要結束了，南雲結束了話題。

過了不久回到教室，隔壁鄰居堀北就往我這邊看了過來。

「你剛才跟南雲學生會長，還有哥哥……說了些什麼呢？」

「妳要是好奇的話，待到最後不就好了嗎？」

「這……」

不過這也是強人所難呢。這傢伙在哥哥面前就會一改常態變得乖巧。

「說起來，你在那兩人之間聽他們對話才不正常。現在你還真是變得會被各種人盯上呢，這要歸功於你在體育祭上跟我哥哥比過接力賽嗎？」

我被她漂亮地諷刺了一番。話雖如此，我也沒辦法預知未來。

事情不可能一直以一百分進行。

「妳這一年幾乎都沒機會跟妳哥哥接觸呢。」

「……不行嗎？」

我稍微深入她哥的話題，堀北馬上就不開心了。

既然這樣，別扯上她哥的話題不就得了？

這種表現代表著她很在意我跟南雲的對話裡有無出現她哥。

「在他畢業離開前，跟他面對面談一次應該會比較好吧？」

「你什麼也不懂。哥哥才不可能理我。知道他對自己冷淡還主動靠近，簡直愚蠢至極。」

所以，她只要入學這間學校就滿足，只要在附近守望著哥哥就夠了嗎？

「要說哥哥會感興趣的，那就是……雖然這讓人很不高興，但也就只有你了。」

那是錯的。

我這麼欲言又止。

現在在這邊繼續深入說明，堀北也不會相信。

最重要的是，在她沒勇氣主動面對的情況下，這都沒有意義。

「是嗎，那可能就是這樣了吧。」

我斷開話題似的作結。

我想堀北心裡應該還留有不滿，但她也沒繼續說些什麼。

班級投票

隔天三月二日，星期二。

早上舉行班會。

茶柱在鐘響不久後就過來了。

這是每天一成不變的光景。

同學們都處在一片輕鬆的氛圍裡。

昨天的期末考公布平安無事地結束，而且對一年級來說，距離最後一場特別考試開始還有幾天的時間。實在沒有應該抱著緊張感的因素，所以這也理所當然。

但茶柱站在講台上的模樣比平時都來得嚴肅。

她散發出緊繃的氛圍，而那也逐漸感染了學生們。

「那個，請問出了什麼事嗎？」

總是優先考慮班級平穩的平田率先向茶柱提出疑問。

茶柱保持著沉默，沒有立刻回答。

她的樣子簡直就像是不願開口說話。

從至今不論多麼嚴苛的事情都會毫不留情告訴我們的經驗看來，學生們不用太久的時間就理解到老師這副模樣很異常。

「——我有事必須告訴你們。」

她沉重地開口。

表情本身跟平時一樣偏嚴肅，但聲音給人感覺是拚命從喉嚨深處擠出。

「本年度最後的特別考試將在三月八日開始舉行，這點就如我昨天告訴你們的那樣。結束這場特別考試後，就會被視為完成晉升二年級。這是慣例。」

茶柱背對著大家拿起粉筆後，把手伸向黑板。

「不過，今年跟去年為止的狀況有點不一樣。」

「不一樣嗎？」

感受到事情非同小可、氣氛不安穩的平田反問。

「本年度在期末考結束後也沒出現半個退學者。到這階段也沒出現退學者，在這所學校裡是史無前例的事情。」

「這代表我們很優秀，對吧？」

這應該並非得意忘形。池插嘴般地說道。

如果是平時的茶柱，可能就會叮嚀他別得意忘形。

「是啊，這點校方也認同。通常，這可以說是件讓人高興的事吧。我們身為校方也希望能有多一點學生畢業。不過在『與原定安排不同』上，也不得不說蘊含著問題。」

這種說法還真奇妙。平田及我隔壁的堀北，都對這種說法感到一股不自然。

「這種說法就像是覺得這樣很傷腦筋呢。說至今為止沒出現退學者。」

「沒這種事。不過，有時情勢也會超出我的預測。」

茶柱明明在說著高興的事，語氣不知為何卻很沉重。

為了一掃疑惑，堀北繼續說了下去：

「您想說什麼呢？您是說我們有某些問題嗎？」

可是不管說了什麼，茶柱接下來要說出的內容都無法改變吧。她不是自由之身，而是校方的人，只會負責傳達指示。

「校方考慮到你們一年級生沒出現退學者——」

茶柱一度把話停下。

然後，把快退回喉嚨深處的話給擠了出來。

「作為其『特例措施』，學校緊急決定從今天開始舉辦追加的特別考試。」

她在黑板上記下三月二日星期二，以及追加特別考試這些文字。

「咦咦！這算什麼啊！追加的特別考試，這不是糟透了嗎！是說，就因為沒任何人退學就要加考，根本就像是小鬼頭才會做的事情嘛！」

面對這麼喊著的池，茶柱看了一眼就隨意帶過。學生們根本不可能有權利拒絕。

不對，她說不定是不得不輕輕帶過。今天的茶柱看起來比平時都還要欠缺從容。看來這不是為了威脅我們，恐怕真的是匆忙決定的事情。

「這跟截至目前的狀況都有些不一樣呢。」

領悟到目前的反擊沒意義的堀北小聲嘟噥。

「只有可以通過這場特別考試的學生，才能考三月八日的特別考試。」

茶柱簡單說明，稍作停頓。

「總覺得無法接受耶！居然只有我們這屆加考！」

「你們會不滿也是理所當然。實施不在預定上的特別考試，就算只比過去多出一場，也無法避免會成為學生的負擔。作為事實，我跟其他老師都把這件事看得很嚴重。」

師方也看得很嚴重嗎？換言之，就是老師把加考看得很嚴重，但學校不這麼想。這些話也可以這樣理解。

確實，在此加上多餘的特別考試，對學生來說只會覺得辛苦而已。

假如考試是筆試那種要求學力的內容，學生們就必須重新刻苦讀書。就算是體力考試也一樣必須研究對策。

不管是專門考哪一科的考試，強加給學生們都是件很嚴苛的事情。

話雖如此，就算每個學生都表示不滿，特別考試也不可能消失。茶柱繼續說了下去：

「特別考試的內容極為簡單。退學率按照各班來算也未滿百分之三，不能說是很高。」

退學率未滿百分之三。

這麼一聽，感覺確實很低。

但這場追加的特別考試，恐怕和目前為止的筆試等狀況都會有所不同。

沒必要特地事先提出什麼退學機率。

至今的考試上，她從來沒使用過那種方式表達。

發現這點的學生都產生了更強烈的不信任感。

我往隔壁鄰居看了一眼，她也同時往我這邊看來，所以碰巧對上了眼神。

「怎麼了，綾小路同學？」

「不，沒什麼。」

「如果沒什麼事就往我這邊看，這樣可是有點噁心呢。」

「……也是。」

我撇開視線，決定看一下窗外。

這裡是狹窄的教室裡，不管往哪裡看都聽得見所有的討論內容。

「究竟是怎樣的考試呢？我們會被要求什麼能力？」

「關於這點，你們應該很不安，不過完全用不著害怕。追加的特別考試跟智力、體力之類的一律無關。正式考試當天，只會進行任何人都能輕易辦到的單純考試。沒錯，就類似是在考試卷上寫上自己名字的那種事。如果結果被退學的可能性是百分之三，那應該就算很低了吧？」

她完全不打算提及本質與考試內容。

「……這跟難度無關。就我們看來，我們害怕的是那百分之三。」

「你說的確實沒錯，平田。我也不是不懂你們害怕那百分之三的心情，不過能否降低那百分之三，將根據你們在正式考試前準備期間的行動而有所變化。雖然你們應該都已經想像到了。」

「請問未滿百分之三的數字是從哪裡算出來的呢？從話題內容來看，這應該不是單純的抽籤吧？」

這是班級裡出現一名學生退學也不奇怪的機率。

茶柱很輕率地說著百分之三，但學生的負擔比想像中還要龐大。

就是因為平田率先理解了這件事，才會針對這點回嘴。

「請告訴我。請問這究竟是什麼特別考試？」

「特別考試的名稱是——『班級投票』。」

「班級……投票……是嗎？」

特別考試的名稱被寫在黑板上。

「我要說明特別考試的規則。學校要請你們從今天起的四天期間對班上同學做出評價。然後，選出三名認為值得讚美的學生、三名值得批評的學生，並在星期六考試當天進行投票。就只有這樣。」

該說是學生之間互相評價嗎？簡單來想，平田或櫛田那種學生就會聚集許多選票，擠入前段排名。相反的，給班上添麻煩或扯後腿的學生就會集中批評票，落到後段排名。

不惜利用原本應該是休假的星期六舉行，可以觀察到其緊急性。

但是，從茶柱的發言來看，上面跟下面排名則會——

「就、就只有這樣？考試就只有這樣嗎？」

「沒錯，只有這樣。我說過吧？這是很簡單的考試。」

「憑那種考試要怎麼判定考試的合格與否以及好壞呢？」

「我接下來會說明那點。」

茶柱緊握粉筆，進一步寫了下去。

「這場特別考試的關鍵在於投票結果集中的讚美票、批評票。前段排名……總之，集中大量讚美票的第一名學生，將會被給予特別的報酬。這項特別報酬，學校不給個人點數，而是會給予一種稱作『保護點數』的新制度。」

這是截至目前都不曾聽過的要點。

當然，所有人都很感興趣。

「所謂的保護點數，就是萬一受到退學處置也可以使其無效的權利。就算考試不及格，只要有這個保護點數，有多少點數就可以無效多少次，不過這個點數沒辦法轉讓給別人。」

聽見這件事的瞬間，就算說教室裡充滿前所未有的驚訝也不為過。

「你們都了解到這點數有多厲害了吧？它實質上甚至有匹敵兩千萬點的價值。當然，從沒有退學擔憂的優秀學生看來，說不定沒那麼有價值。」

沒那種事吧。不管是誰都會想要先擁有可以確實讓退學處分失效一次的權利。根本沒有學生會不歡迎這點。

報酬實在是很豪華。不對，是太過豪華了。

憑一個保護點數的操作方式，甚至還可能變成不得了的凶器。

然後，也因為它如此豪華，這也是後段的學生受到的處罰亦會加重的證明。

「意思就是說，最後三名的身上會發生什麼不妥的事情嗎……？」

對此不安的平田問道。

「不會。這次會成為懲罰對象的，就只有班上集中最多批評票的一名學生。其他學生不管收到幾張批評票都不會受罰，因為這次追加特別考試的課題在於『選出第一名，還有決定最後一名』。」

「請問那會是怎樣的懲罰呢？」

「這次的追加特別考試跟目前為止的考試都不同，有某一件事非常不一樣，那就是這場考試之所以實施，就是為了解決舉行加考的起因——『沒有人退學』。」

沒錯，學生該擔憂的是這場追加特別考試的施行理由。

如果這是因為至今都沒出現退學者才舉行的考試——

「特別考試的難度本身，就如我說明過的那樣很簡單。這場考試對學力低、不擅長運動的人來說都不會不方便。不過，學校為何要準備稱作保護點數的破格報酬呢？那是因為這場考試恐怕不可能會讓你們沒有任何退學者就升上二年級。」

茶柱望向每個學生。

「沒錯，學校會……讓最後一名的人退學。」

舉行投票，結果就會出爐。

結果出爐，就會決定出第一名跟最後一名。

最後一名將要退學。

也就是勢必會有這種發展。

不管是多優秀的班級，或是就算不優秀，結果都一樣。

只有「誰要退學」這部分的差異。

果不其然是這種考試嗎？

這次的追加考試是校方氣惱沒人退學才決定的事情。如果加辦考試依然沒人退學，追加考試就沒有意義了。

不過，在我腦海閃過的，是坂柳那個擔任理事長的爸爸。我只見過他一次，無法看見所有的本性，但他不像是會舉辦這種不講理考試的人。

「我、我不懂這是什麼意思，老師。假、假如變成最後一名，就代表，那個……就會有一個人退學，您是說認真的嗎？」

「沒錯，學校會讓那個人走上斷頭台。不過你們放心，這次就算出現退學者，班級本身也不會受罰。它就是這種考試。」

這明顯不同於目前為止的特別考試。之前就算每個人退學的機率都不一樣，但所有人都還是有辦法避免退學。然而，這次的系統卻一定要有人犧牲。

這就是校方準備的「特例」。

就是因為強迫退學，學校才會拎著保護點數那種東西過來。

但即使這麼做，也會讓我們背上很不划算的風險。

「你們大概會覺得很不講理，當老師的我也這麼覺得。可是既然都決定了，我們就沒辦法反抗。除了遵守規則、挑戰特別考試之外別無他法。」

「居然有這種事……」

才剛熬過期末考的班級籠罩著險惡的氣氛。

週末這個班上就會有人消失。

「距離投票日的時間有限，讓我繼續說明規則吧。在班上成為讚美以及批評對象的投票結果，全部會在考試結束的同時公開。換句話說，班上所有人的結果都會公布出來。不過有關誰投票給誰，則會採取永不公開的匿名方式。」

如果要以這種方式進行考試，確實無法避免要設定成匿名。

讚美票就姑且不論，但誰把批評票投給誰，今後心裡也一直會有疙瘩存在。

「另外，每一張讚美票跟批評票都會互相影響。假如從十個人那裡集中了批評票，只要從三十人那邊獲得讚美票，相抵後就會變成二十票的加分。不論是讚美或批評票，都不能把自己當作投票對象。另外，也禁止多次填入同一人物。」

「棄權……例如說，我們可以只填寫讚美票嗎？」

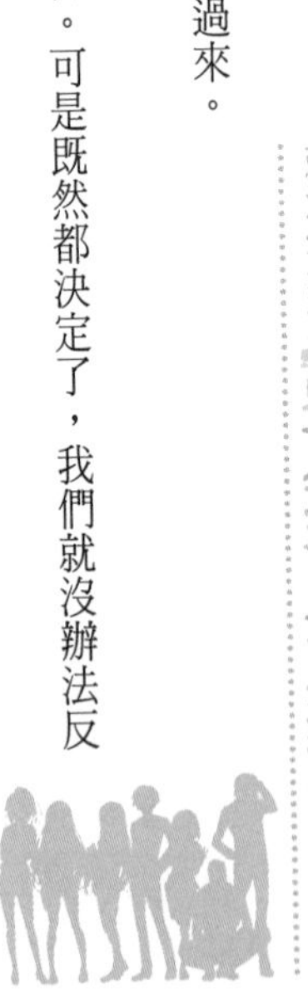

「當然沒辦法。不論是讚美票還是批評票，都要填上三個人。就算生病，考試當天跟學校請了假，學校也會請你們投票。」

總之，就是不能以不填寫或棄權的形式。

眾多學生都很苦惱。

這對有自信集中批評票的學生來說，是場很有威脅性的考試。

學生如果越是依賴別人熬過來，就越會感受到壓迫感吧。

「……不對，要絕望還早呢。」

平田為了讓大家冷靜而安撫著池等人。

「老師是說『恐怕』不可能。換句話說，應該會有某些漏洞。」

如果是目前為止的考試，學校也會一併準備這種文字遊戲裡的活路。

不過，這次的狀況又如何呢？

老師會用「恐怕」來表達，應該是指包括特定方法在內吧。

「雖然不簡單，但確實存在著防止退學的手段。」

「這、這是怎麼回事啊，堀北？」

「讚美票可以選出三名、批評票可以選出三名。意思就是說，只要班上所有人可以團結起來控制投票，那只收到讚美的學生以及只收到批評的學生都能歸零。這樣就不會有任何人變成最後一名了，不是嗎？」

「是、是嗎！就是這個！真不愧是妳耶，鈴音！」

如果所有同學都按照指示行動，確實就有可能吧。不過，只要有一個叛徒出現，到時遭到背叛的人就會踏上「退學」之路。

因為也有第一名會收到保護點數的魅力報酬等著我們。

像是討厭堀北的櫛田就可能會是個問題，但那部分應該也能靠調整彌補吧。只要給櫛田向堀北投下批評票的任務，就可以在一定程度上迴避危機。如果得票結果最後會出爐的話，事後也會釐清是誰背叛了大家。

總之，這樣叛徒的身分就會暴露出來。櫛田應該無法貿然背叛。

「堀北剛才提到的控制投票是沒有意義的。」

「為什麼呢，老師？」

「這次的特別考試，不讓你們選出各一名『第一名與最後一名』就不會成立。不論是故意還是碰巧，假如投票結果變成大家都零票的結局，就會再次投票。總之，直到決定出退學者為止都會沒完沒了地反覆進行。」

學生們著急地尋找活路，學校則逐漸堵住退路。

「這——就規則來說不是很奇怪嗎？不過，如果選擇應該讚美跟批評的學生，結果卻碰巧變成零票的話，就算再次投票結果也會一樣。假如強行扭曲結果的話，我認為就不會是以正當評價選出來的學生。」

「堀北，妳的理論正確。我就同意偶然變成零票，再次投票確實很矛盾吧。但妳想得實際一點吧？在讓學生選出第一名跟最後一名的考試上，所有人都碰巧零票的結果應該『不可能會發生』。不是嗎？」

茶柱如此指出的內容也是對的。

只要不故意調整，八成就不會發生零票這種結果。

「……那麼，第一名跟最後一名有兩名以上同票又會怎麼樣呢？」

那種狀況也很能夠想像。

「不論是哪種狀況都會舉行決戰投票。不過，這樣票數大概還是有可能再次平均分開。要是變成那樣的話，就會以學校準備的特殊方式決定優劣。現階段我無法說明該方式。」

意思就是說，學校只有在決戰投票最後同票的情況下才會告訴我們嗎？

雖然就這樣走到那種階段的可能性相當低。

「不用擔心，實際上走到決戰投票的可能性應該是趨近於零。」

茶柱也同樣地做了補充。

「為什麼呢？這作為可能性是十分可以想像的吧？」

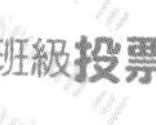

「理由就是……因為學校也會要你們把讚美票投給班上以外的學生。」

「自己班上以外嗎？」

「學校要你們從自己班級以外的三個班級挑出一名你們判斷值得讚美的學生並且投票。當然，那會被算成是一票讚美。總之，萬一有學生只在班上被討厭，但受到其他班級的所有人喜愛，就算跟批評票相抵，仍有可能獲得大約八十張的讚美票。」

意思就是說，那就會存在一百張以上不規則、懸在空中的讚美票嗎？

既然如此，同票進入決戰投票的可能性確實就會大幅降低。

這下子追加考試的全貌也可以說變得很明朗。

追加考試——班級投票。

考試內容

各給三張讚美票、批評票，並在班上投票，求出結果的考試。

規則1

讚美票與批評票會互相影響。讚美票－批評票＝結果。

規則2
不論是讚美票、批評票都不能投給自己。

規則3
一律禁止多次填入同一人物，以及不填、棄權等行為。

規則4
考試直到決定第一名與最後一名為止都會反覆地舉行下去。最後一名將會退學。

規則5
學生也會各有一張專門投給別班學生的讚美票。強制性填寫。

以上就是加考內容。
這場考試無庸置疑非常簡單且單純。
可是，它的內容可以說是截至目前最為殘酷的吧。

週末，這個班級以及其他班級都會有「某個人」消失。

不過——

「沒錯，沒有退路。但有不確定的要素也是事實。你們腦中一隅應該也有想法吧？只要利用個人點數就不一樣了。」

「老師。您為什麼要加上『恐怕』這一詞呢？這怎麼聽都沒有退路。」

「換句話說，您的意思是可以靠點數解決退學處置嗎？」

「兩千萬點。就我方的立場來說，只要能準備那些點數，應該也不可能不取消退學吧。」

就是因為這樣，她才會說是「恐怕」嗎？

不限制個人點數的移動，也就代表利用這點的交涉會受到默認。意思也就是說，如果可以用錢拿下讚美票也沒關係。

那也會被判斷成實力。

例如，自己在這一年對周圍展現出的「能力」。

透過考試存下的「財力」。

或者，就說是經由友情萌生的「團隊能力」吧。

學校的意思就是叫我們試著隨意發揮那些實力。

「請、請等一下，居然要兩千萬點……」

「就算集中C班所有人的個人點數也不可能呢。看你們要從別班那邊蒐集，還是接受高年級生的施捨都可以。那絕對不是抵達不了的荒唐金額。」

如果可以跨越班級或學年，這確實是筆實際上可以達到的點數。

可是，要是被問到能否為了保護C班的一個人而蒐集就很困難了吧。

連A班或B班在夥伴間蒐集點數都很有可能籌不到。不對，就算有籌到，假如問到能不能為了保護一名學生而使用也很難講。把截至目前累積的財產全豁出去相當冒險。

「這就是可以抵抗學校規則的唯一防禦方法。我先斷言其他攻擊校方規則漏洞的舉止都絕對行不通。接下來就由你們判斷並決定了。」

茶柱配合班會結束時間似的結束了話題。

隨著老師消失蹤影，學生們感受到了強烈的不安。

「怎麼辦怎麼辦，這下最糟糕的考試不就真的要開始了嗎！」

「男生，吵死了！」

「什麼吵死！妳不會打算投批評票給我吧！」

男女生混雜在一起，互相提防似的謾罵對方。

「真是難看啊。」

一名男人看見男女的爭執，嗤之以鼻。

那是在班上也格外與眾不同的人物——高圓寺六助。

「在這邊手忙腳亂的也不能怎麼樣吧？」

「你才是，你的立場還說得上是游刃有餘嗎？你有自覺至今給班上添了多少麻煩嗎？」

須藤這麼逼問高圓寺。

高圓寺至今為止確實都以自己隨心所欲的風格給班上製造混亂。

「你在無人島考試跟體育祭都單方面棄權了吧？」

班上的視線集中了起來。

現在心靈脆弱的學生尋求的——

就是為了自己不被退學，能成為犧牲品的存在。

「搞不清楚的是你，Red Hair同學。」

高圓寺翹著腳，把腳伸到桌上。

「你似乎認為你在這一年培養的能力，就是這場特別考試的關鍵呢。」

「實際上就是這樣吧！」

「不對，這是著眼在今後兩年的特別考試。」

高圓寺正面否定了須藤的發言，不對，是否定了班上的意見。

「啊？你在說什麼啊……」

須藤無法理解，他大概認為這是高圓寺平時胡鬧的言行吧。

「聽好啦，這場考試顧名思義是個特例。慣例上出現退學者的班級都會被嚴懲吧？可是，這次一律沒有懲罰。總之，這是適合Delete『不需要的學生』的機會。」

「我就是在說那個人是你啦，你這班上的礙事人物！」

「不對，那是不可能的呢。」

「啊？……你為什麼能那樣斷言？」

「要說為什麼，就是因為我很優秀。」

高圓寺以不由分說的壓倒性大膽態度這麼咬定。

須藤對這毫不猶豫的態度感到畏懼。

「我的筆試總是在班上……不對，我在年級裡也總是擠進前段名次。實際上，我在期末考就是以微小落後拿下了第二名。假如我拿出真本事的話，要考下第一名當然也是輕而易舉。而且我在身體能力上也是如此，你自己也很清楚我凌駕於你之上吧？」

高圓寺訴說自己的潛能有多高。

「那、那又怎樣？不認真表現就沒意義了吧！」

「是啊，所以接下來我會『洗心革面』喔。這場考試之後，我打算在各種考試上為班級貢獻，成為派得上用場的學生。你們不覺得這對班上來講是很大的加分嗎？」

「誰、誰會相信那種話啊！比起你，我更派得上用場！」

須藤喊著的那些話也是正確的。

我還有其他學生，誰都沒有理由相信高圓寺。

事實上，我實在不覺得這男人在這場考試之後會變得認真。

不對，實際上不可能會有什麼改變吧。

只要熬過這場考試，他顯然又會過著隨心所欲的生活。

「那我就反過來問吧，各位可以相信他說比我更派得上用場的這件事嗎？」

高圓寺走過須藤身旁詢問同學。

「不對，不只是Red hair同學，根本就沒有目前都沒派上用場的學生，今後就會有用處的保證吧？像我這樣只是嘴上說說的話，要怎麼講都可以。不過，真正需要的會是隱藏的實力。只要不伴隨那些實力，就會毫無說服力。」

沒實力的學生說要努力洗心革面。

有實力的學生說要努力洗心革面。

高圓寺表示那是似是而非。

他一點也不懷疑自己或許會被集中批評票變成最後一名。何止這樣，他還一副很歡迎這場追加考試的樣子。

但高圓寺不是完全沒風險。

視班級方向而定，他是十分有風險集中批評票的學生。

不論好壞，他都說出太多真心話了。

不過，如果要說老實話，我也贊同高圓寺的想法。

就是因為考慮到班級，才需要果斷地思考這場追加考試。

屏除個人好惡，可以為班級選出並消除不必要學生的機會到來了。

截至目前的考試，如果學生擁有巨大的優點但同時也抱著缺點，也是大有可能遭受退學。簡單來說，那正是指與高圓寺爭論的須藤。他擁有受到眷顧的身體能力，對照之下卻擁有角逐班上最後一名的學力。事實上，他的學力就扯過他的後腿，一度導致他差點退學。不過，也因為須藤身後有堀北的幫助，所以缺點才慢慢地彌補了起來。就結果上來說，他也因此開始展現出身為班上齒輪的價值。

大部分的人都跟須藤一樣同時擁有優缺點。

另一方面，也是有不少人沒什麼優點，只有顯眼的缺點。任何人都潛藏著成長的可能性，但開花結果的時期有差異，也有人成長的幅度很小。正因如此，我們沒有不利用這場考試的選擇。

很遺憾，這班上有這種意識的人似乎只有高圓寺。

「胡說八道吵死人了，高圓寺。我認為你是不必要的，這點不會改變。」

「即使你親近的朋友們有多麼無能也一樣嗎？」

「無能……你說我朋友無能？別開玩笑了。」

須藤使勁敲了一下高圓寺的課桌，並用力地怒瞪著他。

「是嗎？你果然就是這點程度啊？你要那樣判斷也是你的自由……但這樣不管到什麼時候，這班級都會一直落魄下去吧。確實就是個瑕疵品呢。」

高圓寺沒有放在心上，而從容地把頭髮往上梳。

再三的挑釁發言逐漸點燃了須藤的怒火。

「給我適可而止——」

「兩位都冷靜下來，現在需要的是冷靜討論。」

平田介入他們之間。

平田是第幾次以這種形式勸架了呢？

已是看慣了的光景，可是須藤卻越來越激動，沒有要停下來的跡象。

「什麼叫冷靜啊，平田？你真好耶，因為你絕對不可能變成最後一名。」

「什麼——」

池的話刺痛了平田。

平田這一年確實對班級大有貢獻。如果正常地進行這場考試，說他是最安全的學生之一也不為過。在這場一定要有人退學的考試上身處安全領域的學生——那個人說的話是不會打動人心的。

「我……我也不知道會變得怎麼樣啊。」

就算他這樣否定，那些話也傳不到須藤耳裡。

「聽見沒，寬治？平田說他不知道會變得怎麼樣。」

「不對不對，就只有平田大人是安全的呢。」

與其說是焦躁，山內跟池都傻眼地露出了苦笑。

這也理所當然。

不管是誰應該都不會認為平田有可能退學。

就算集中了一些批評票，也拿得到一定的讚美票。

「唔……」

平田數度發言，最後還是語塞了。

再說特別考試才剛宣布。

他們在混亂還沒平息的狀態下，根本不可能冷靜地接受平田的話。

「繼續說吧，高圓寺。」

「我跟你已經無話可說了呢。」

「我可是有一堆話要說。」

須藤勢不可擋。要說在場唯一能夠阻止他的——

「到此為止了，須藤同學。」

「唔……」

堀北一聲令下。

「你只是稍微變得會讀書而已，別得意忘形。」

「沒有，這次不是這樣啦……」

「閉嘴。」

「……我知道了。」

堀北靠短短的對話就完全控制了須藤。

她指示須藤回座位，讓他跟高圓寺保持距離。

「堀北同學，妳真是幫了大忙。」

「這沒什麼大不了的。如果跟這場考試的內容相比的話。」

堀北說完也從高圓寺身旁離開，回到自己的座位。

「辛苦了。」

「真是讓我費了多餘的功夫呢。」

她吐了口氣，坐到座位上。

「不過……情況真的變得很棘手。目前為止班上即使不穩定也會團結合力走過來，可是如今居然必須強制把人踢下去……這種手段真的很殘酷。」

堀北嘆了氣，對這逐漸混亂的空間束手無策。

「手段嗎？」

我當然了解她會想這樣抱怨的心情。

「你不這麼想嗎？」

「原本就沒有任何保證吧。從最初入學到現在。」

「……是啊，確實全都是事後才聽說的挑戰。但我還是覺得這次的事情很不講理。」

「唉，因為這很像是針對沒出現退學者的報復呢。」

像堀北那樣覺得不滿也是情有可原。

但這次的考試我也不能站在完全的旁觀者立場呢。

所有同學都有一定的退學風險。不對，放著不管，位階低的我也有變成批評票攻擊目標的擔憂。

為了避免那樣，我最好在早期階段就先做好準備嗎？

「我沒辦法坦然接受這次的考試，可是……」

堀北這樣嘟噥著，但我可以從她的表情上感受到某種強烈的意志。

後來班上就一直留著不安穩的氣氛，度過了上午的課程。

1

午休，綾小路組藉著吃午餐順便在咖啡廳安排了討論的機會。

「啊——真是的。這發展超討厭耶，居然要強行弄出退學者。學校到底在想什麼啊？」

波瑠加咬著吸管，大嘆一口氣。

最先對這做出反應的是啟誠。

「我的看法也一樣。但首先我無法原諒的，就是同學彼此不得不交戰的這點。這跟至今那種要求合作的考試完全顛倒，真的讓人難以理解。」

「是啊，目前為止不論是什麼考試，對手都是別班。」

明人也對啟誠的發言點頭同意。

「就因為沒出現半個學生退學……這簡直就是在嘲諷人——」

今天上午每個學生都靜不下心，有點浮躁地度過了那段時間。

當然，校方這場蠻橫的追加考試，應該有很多學生都覺得很不服氣吧。現在別團的人說不定就跟我們一樣正在討論著同樣的話題。

「真的不存在密技般的方法嗎？小幸這麼聰明，應該會想到一兩個辦法吧？」

「應該……沒有吧？堀北最初提議要調整選票。我認為用那種方式均分成兩份的戰略就是唯一的路。可是，就茶柱老師所說的，那似乎是不可能的。雖說這場考試算是很任性，但是我們應該也不能做那種無視學校提出的規則的行為。」

陷入沉思的啟誠找不出解決之策也是情有可原。

不管怎麼問，這次考試的退路都被封住了。

「我還以為沒出現退學者對學校來說也很理想，可是這個前提竟然是錯的。」

「……也就是說……學校是認真希望有人退學呢。」

波瑠加原本還隱隱抱著希望，但她的表情也逐漸變得嚴肅。

「所以最好不要看得太樂觀。這次大概會有殘酷的結果等著我們。」

殘酷的結果——總之，就是班上會出現退學者。

也就是說無法避免的未來正等著我們。

「……週末，這群人之中或許會有某人消失呢。」

從剛才就不發一語而且看起來很不安的愛里輕輕搖頭。

她表現出不願想像那種未來的態度。

「除了安靜迎接考試之外，應該還有事情可以做吧，啟誠？」

明人期待啟誠會替大家消除不安，因此這樣詢問。

啟誠配合似的點頭，環視這些成員。

「就像明人說的那樣，為了不被退學，我們還有事情可以做，所以我有個提議——我們要不要合作互相投票？」

「互相投票，就是在讚美票上互寫名字嗎？」

「嗯，我不覺得我們之中的某人可以在讚美票上拿下第一名，不過為了避免拿到最後一名，我們最好還是先合作。」

即使是這一團的五個人合作，也可以拿到各三張讚美票。

意思就是說，重要的是能消除三張批評票。

「但、但是這樣好嗎？不是必須選出對班級有貢獻的人嗎……？老師也說這樣控制選票沒用……」

正經的愛里有點不安地說。

「在一定程度上變成配票也沒辦法，茶柱老師跟其他學生也都很清楚這點。再說，就算我們不做，班上也一定會形成好幾個團體。他們可以集中起來把批評票投給同一個人，實際上就算只有我們也可以投出五張批評票。」

「五票……在這場考試裡很沉重吧？但要是組成一大群人的話，就算要投出十票、二十票應該也不難吧？」

「沒錯。換言之，在班上吃得越開的人，越可以打場輕鬆的戰鬥。」

沒錯，這場考試的關鍵之一就在那裡。

也就是說，這考試有在班上的地位越高就越有利的傾向。光是發言權強的學生統籌小組攻擊特定人士，就會變得相當有利。

「我也贊成小組裡互相掩護，我不希望我們之中少了任何人。」

我也附和般地提出意見。

「我、我也是！」

後來愛里也接著表示同意。

「那就決定了呢。」

啟誠受到小組全場一致的認同，便點了點頭。

「不，等等。我有點事情想問。」

明人同意啟誠的作戰，但似乎還有很在意的地方。

「也有能夠創出比我們這些人還要大一團的情況吧？」

「當然創得了吧。倒不如說，那種可能性還比較高。」

啟誠點頭，表示他當然了解那種事情。

如果啟誠在這邊說出「就由我們帶頭組成大組」的這種話，我就必須阻止他了。只有這回，這不會是個上策。

「我們要提早出招，跟其他人搭話嗎？」

「不……我們……總之在考試結束為止都別鬧大。不管對象是班上的哪個人，總之就是絕對不要引起爭執。我們就別組成大組了吧。」

「換句話說……就是為要了不被盯上而保持低調呢。」

如果貿然地受到注目，就會像須藤或高圓寺那樣容易成為靶子。

「再說，我們也很明顯是一群不適合那種戰略的人呢。」

「唉——是啊。」

啟誠判斷由我們親手成立大組是應該先避免的事情。

很值得慶幸的是包括波瑠加在內的所有人都能接受且贊同。

這樣大概可以視作他們沒有被捲入我的「戰略」而吃虧的可能性。

「不過，要是有別團私下來邀約，我認為也可以接受。為了避免集中針對自己的批評票，這應該也是很重要的戰略。」

雖說可以在綾小路組裡調動讚美票，但一人只有三票。

如果可以跟其他團體關係良好，避免批評票的話，就會是更好的事情。

「可是那樣也很難吧？畢竟我們就是一群做不到那種事情的人。」

波瑠加似乎是想說——就是因為沒加入其他圈子，所以才會形成這群人。

不過，啟誠也是知道才說出來的吧。

說出有邀約的話就最好接受的建議。

儘管這是正確答案，但有些危險性也是事實。

如果不謹慎地擴展自己參加的小組，也可能被當作是在到處討好人，反而會嚐到苦頭。

雖然我們應該是找不到願意這麼輕易接納自己的一群人。

「只靠三票……也沒有……絕對的保證吧……？我在班上完全派不上用場……所以或許會被大家投下批評票……」

愛里抱著不安，想著自己是不是會變成目標。

這場考試，如果批評票集中在班上某個人身上，那就幾乎無法防禦。雖然若是平田或櫛田的話，說不定還可以拿到足以推翻許多批評票的讚美票……

不對，那也很難講嗎？可以創下多少組織並穩固票數才是本質。最好當成是能受正當評價的學生，還有與之伴隨的得票將會極為有限。

「最好別太擔心喔，愛里。妳現在開始就這樣的話，絕對會吃不消。」

「嗯、嗯……」

愛里沉下臉，會在意的事情就是沒辦法。

在這場考試上，懦弱的性格確實會在很多事情上面起負面作用。

「真～的是糟透了對吧……夥伴居然非得互相敵對警戒。」

「是啊。不過，既然這都成了考試，那也沒辦法。」

「小清感覺很乾脆耶。」

「我覺得就算不想乾脆也只能接受。」

「真成熟呢——」波瑠加有點佩服並點了頭。

「欸，對了，我注意到一點事。你們看那個。」

波瑠加指著我跟啟誠等人的後方。

我回過頭後，看見前方有個D班男人的身影。

他很明顯跟周圍有隔閡，而且看起來很顯眼，所以波瑠加才會發現到他吧。

「總覺得狀況改變，龍園同學的氣質也跟著改變了呢。」

「他只是自以為了不起地假裝成國王，現在身上的衣服都被扒光，變成了裸體而已吧。」

啟誠似乎特別討厭龍園那類人，所以口氣很嚴厲。

看見至今為止他對其他班級的態度或戰略，這也是理所當然的結果嗎？

當然，龍園應該沒有對現況後悔或是煩惱。

「可是啊，這次考試應該對龍園同學來說很累人吧？還是說，其實也不是這樣？」

對於波瑠加疑惑地詢問，啟誠點頭同意。

「也不是什麼累人，應該是絕望吧？他至今都恣意妄為，大概免不了會聚集批評票。」

明人也對這意見點頭同意。

「總覺得真空虛呢，或許會被自己一路督促的班級排除。」

「可是，他好像很沉著耶。他一個人光明正大地在讀書……是我的話可能都哭出來了……」

愛里一副很不可思議地看著波瑠加這樣說。

「就是那個了吧？所謂死心的心境。這場考試被孤立的討厭傢伙就算手忙腳亂也沒用。身為男人，他打算至少在最後都坦然處之吧？」

這種判斷也沒錯。

不過，事實上要是什麼都不做，龍園很可能就會被退學。

「小三，你去問一下龍園同學嘛，問他現在的心境如何。」

「我怎麼可能問得出口……」

就算他看起來很沉著，也一樣藏著銳利的獠牙。

要是不謹慎地做出捉弄人的舉止，會嚐到怎樣的反擊呢？

「不要一直盯著他看。」

「是——」

波瑠加被明人提醒，便稍微舉手回應。

「話題回到C班，高圓寺的發言，該怎麼理解才好呢？」

明人跟啟誠問了這種事。

啟誠似乎也在思考那件事，他馬上就做了答覆。

「你是指有實力就會留下來吧？唉，雖然我覺得也有一番道理，但我還是認為高圓寺才是不必要的學生。那傢伙會搗亂班級，老實說我覺得很可怕。」

從討厭風險的啟誠看來，高圓寺的存在確實讓人無法計算。

「再說……雖然這種說法有點殘酷，但如果是高圓寺的話，我也不怎麼會心痛。他不論如何都是讓人很容易在批評票上寫下名字的對象之一。你們覺得呢？」

「這……唉，或許有可能呢。如果非得寫上某人的名字，還是在寫的時候不會讓人猶豫的人選比較好。」

「唔唔……可是，雖然高圓寺同學是個奇怪的人，但他的考試成績一直都很厲害吧？我覺得對班上來說，他比我這種人還有貢獻多了。」

愛里在本身就很不安的情況下這麼說，出言擁護高圓寺。

「而且平常每次公布考試結果，我都會覺得啟誠同學跟高圓寺同學好厲害……」

「就說不行了，愛里。妳這種時候要是不果斷，之後只會是自己痛苦喲。」

「是沒錯……」

愛里對於要踢下某人，還是感受到了強烈的抗拒。

「總之，我可以贊成選擇高圓寺同學喲。」

「我也沒異議。」

「按照這方針就可以了嗎？」波瑠加請示啟誠。

「暫且吧？反正也得挑出三個人，視情況再做變更。」

作為將被投下批評票的暫定成員，綾小路組推出高圓寺當作候選人。

高圓寺是必要的人物、不必要的人物——當然會有各式各樣的意見。

即使從我的角度去看，高圓寺這男人確實也藏著龐大的風險。

因為視高圓寺一時的心情而定，他有時也會發揮很大的負面作用。

不過——他也無庸置疑擁有超越這些缺點的才能。假如高圓寺正面挑戰試煉與課題，大致上

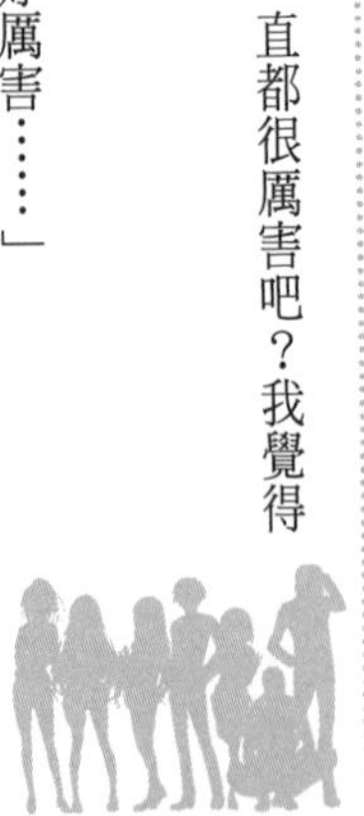

的考試他都會通過。即使現狀下還沒看透他的實力，他也確實擁有足以讓我這麼想的能力。

「我是不討厭他啦……但高圓寺那個人不論是好是壞都是個未知數呢。」

明人同意投他批評票的理由似乎就在於那部分。

該說是只有存在感特別出眾嗎？他在傳聞中也是實力無法完全計量的存在。

「其他的……就是池同學跟山內同學、須藤同學。他們就是最可能被投下批評票的人選吧？」

「是啊。目前包括高圓寺在內，這四人極有可能被選作退學者。不過，我也不覺得那些人會默默迎接考試當天。他們應該會組成大組聚集讚美票，為了盡量不增加批評票而使出對策。」

「我們也並不是絕對處在安全範圍內呢。」

沒錯，考試已經開始了——結交夥伴、製造共同敵人的戰爭。

「我們正在聊讓人不覺得直到今天早上班上所有人都是夥伴的話題耶。」

「真為難耶。」明人想像著今後的事情，便吐了口氣。

波瑠加好像想到了什麼，再次望向龍園。

「我們還有好幾個退學人選。光是有大家都有可能避開危險的可能性，或許就算是不錯了呢——」

波瑠加就是因為理解C班的現狀，才會明白龍園目前身處在多麼艱難的狀況。

要是被瞄準攻擊，不管是怎樣的人一刻都堅持不住。
「假如啊，小三或小幸處在龍園同學的立場，你們會怎麼做？」
「什麼怎麼做，要是與全班為敵就沒法掙扎了呢。是我的話就放棄了。」
明人馬上就放棄了。
被提問並認真思考的啟誠不久後也左右搖頭。
「沒辦法吧。」
「沒辦法嗎——比如說，像是威脅班上所有人呢？」
「那樣只會有反效果。」
倒不如說，說不定還會有學生正在期盼那種狀況。
要是龍園能威脅大家，大家才比較可以毫不客氣地對他投下批評票吧。
「那麼，像是為了拿到讚美票而向別班低頭之類的呢？」
「妳被龍園拜託的話，就會把讚美票投給他嗎？」
「咦~？我不會投吧。」
「就是這樣。」啟誠點頭。
「大部分的人都會做出這種判斷。因為大家都了解龍園平時的態度，想拯救那種人的怪人應該非常少。」

「那麼，像是給點賄賂跟同學買票呢？」

「就算龍園存了不少點數，我也不覺得他買得了幾張票。雖然說這些話也很奇怪，但龍園樹了太多敵，也給人一種棘手對手的形象。我不覺得他們會因為一點小錢就把票賣出去。」

「可是啊，如果是別班的讚美票，應該是有機會的吧？」

「不，也不一定。就算從我們這種外人來看，妳不覺得如果龍園能夠消失的話，我們跟D班戰鬥時也會比較輕鬆嗎？」

「啊——……說不定確實如此。畢竟他給人一種不知會來做什麼的恐怖感。」

龍園痛苦的地方就在那裡。假如他單純是扯D班後腿的累贅，別人說不定還會故意集中讚美票阻止他退學。不過，因為大家把龍園當作即使是敵人也依然是麻煩且棘手的人物，所以大多數的判斷都會希望他退場吧。就算特地留下可能成為威脅的傢伙，對內對外的好處都很少。

說不定也會有學生考慮到未來，或是盲目相信龍園才會成為班級的救世主，但從目前出現的資訊去看，那無庸置疑是少數人。

就算交換字據，跟好幾人打下契約，說要投出讚美票，要證明有無投票也極為困難。既然是匿名制，只要結果中有任何一張讚美票在內，大家也可以騙到底，說他們都有「投下去」。就算起了糾紛，情勢變得不利，只要龍園退學，那一切也都太晚了。

雖然前提也是有誰會自願跟龍園交換字據的問題。

「意思就是說，他完全無路可走了嗎——」

「他要故做平靜就竭盡全力了吧。就因為不想退學而手忙腳亂拚命掙扎，那可是很糗的呢。」

「確實如此……從曾經是國王的人看來，那很不像樣呢。」

雖然我也覺得很可惜，但龍園的退學是決定性的。

當然，如果他本人有意願掙扎，情況也會有些改變……

不管在這邊做多少議論，都不會有答案吧。

他是怎麼想的，也只有他本人心裡才知道。

「既然這樣就試試看，怎麼樣？」

我在距離耳邊很近的位置被人搭話。是堀北。

她提著塑膠袋，可以看見裡面有午餐的三明治。

「妳說試試看，是什麼意思啊？」

明人對這番話有點掛心。

不對，應該說是感覺到了危險的氣氛嗎？

「龍園同學現在正在想什麼、思考什麼。要知道這些，就只能試著問他了呢。」

「別這樣啦，別多管閒事。」

誰都不想接近龍園。

「那就這樣吧。」

「現在在這邊糾結龍園的事情也沒意義吧？那跟這次的考試無關。」

「是啊，的確無關，但他說不定會幫上我的忙。」

堀北說完，就停頓了一下。

她看見我沒動作，所以不久之後就獨自邁步而出。

「什麼啊，說或許會幫上忙……」

啟誠跟明人無法理解而偏了偏頭。

「欸，這樣有點不妙吧？堀北同學不會很危險嗎？」

「我也這樣覺得……清隆同學。」

「……是啊，我去看一下情況。」

雖然我覺得這沒什麼，但姑且有人跟在她身邊也比較好吧。

不論這是好是壞，堀北說話的方式都算是很直言不諱。

我阻止打算站起來的明人，追上堀北。

「妳打算跟龍園說什麼？」

「因為我覺得他說不定能給我有用的提示。」

有用的提示？我看不出來堀北在期待龍園的什麼。

但既然她採取了行動，應該就是有意義的吧。

「你是被佐倉同學他們拜託來看著我的嗎？」

「差不多。」

「我想也是。」

就算我們這樣簡短對話，堀北的腳步也沒有改變。

我們馬上就來到了龍園面前。

龍園應該有察覺我們出現，但他還是看著手上的書，完全不打算看過來。就他翻開的頁面來看，似乎是文學小說。

「你還真從容呢，龍園同學。」

「我還想說是誰，原來是鈴音啊。而且跟屁蟲也一起嗎？」

他啪地闔上了書本。從書上的貼紙看，可以知道這是從圖書館借來的書。

雖然根本無需再次說明，但所謂的跟屁蟲當然就是指我。他有一瞬間看了我，不過隨後就撇開視線，重新面向堀北。

「找我有什麼事？」

堀北為何不惜冒險，也打算接觸龍園呢？

「我就直接問了。這次的特別考試，你打算怎麼做？」

「什麼怎麼做，我什麼都不會做。」

「這……總之，就是你有覺悟乖乖退學，是嗎？」

如果放著現狀不管，龍園就會退學。這是必然的，根本不用贅述。

「對班上的人來說，我是很好的攻擊目標。在這場非得踢下某人的考試上，誰都不會想得罪要被踢下去的人，但只有我是另當別論呢。」

龍園似乎領悟到話題不怎麼樣，於是把書本重新翻開來閱讀。

「把批評票投給你，也會有不少學生感到罪惡感吧？但與其他學生相比的話，精神負擔卻會遠低於挑選別人呢。」

看來龍園是認真把離開學校納入考量。

「如果你能退學的話，就我來講也無話可說。不對，不只是我，B班跟A班大概也有很多人希望你消失。不論這是好是壞，你都做得太過火了。沒有任何人會對你伸出援手。」

她提出了事實。

有時候，這也會深深刺痛自以為理解那項事實的人。

不過，至於龍園的情況，這不會構成傷害。

他理解了一切，並打從心底接受。

「應該吧。D班少了我，就不會有勝算。對於是敵人的你們來說，先在這裡把我擊敗才是最佳且妥當的判斷。」

而且他還沒有負面思考，而是朝著正面思考。

「你對自己的評價還真高呢，真像是你的作風啊，龍園同學。但你就是因為缺少身為領袖的能力，所以才會掉到D班吧？」

「呵呵，確實如此呢。」

D班是靠龍園的獨裁組成。

現在獨裁瓦解，掉到最後一名，已經失去嶄露頭角的契機。

但龍園的方針原本就不會受到班級的階級束縛。不論是D班還是A班，只要擁有個人點數就可以逆轉勝。正因如此，攻擊他們是最後一名，他也不會動搖。

雖然身為A班占有優勢，但優勢本身並沒有價值。

龍園著眼於未來的戰略，是種很有意思的戰鬥方式，但它也有不少缺點，像是靠力量控制，或不期望得到同學的理解，以及太專注於前方而沒看見腳邊——這些部分都連結著這次的敗因與狀況。

「不管走到哪裡，我應該都沒辦法跟你互相理解。」

「應該吧，妳滿意了嗎？」

聽堀北說到現在，我也看不出來她到底想知道什麼……

「今天在這裡可能就是最後一次的對話，所以你讓我問個問題好嗎？」

看來重點似乎在後面。

對堀北來說，所謂可能變成有用提示的事情會是什麼呢？

「你處在比任何人都還要絕望的狀況下。假如你認真挑戰這場考試……你能存活下來不被退學嗎？」

她銳利地看著龍園，像是在說「看著我的眼睛回答」。

堀北向她原本不必扯上關係的龍園攀談，目的就在於那裡。

能否解決這百分之九十九無法避免被退學的狀況？——她居然是因為想問這個問題。

「真是個蠢問題，這是當然的吧？」

龍園立刻回答。他有把握只要他有意願就可以存活下來。

他回視堀北的眼神之中沒有任何迷惘。

「就算是虛張聲勢也真教人佩服呢，我只能從你身上感受到自信。」

「妳滿意了沒？還是說，妳是希望我傳授妳存活下來的密技？」

「不用，你跟我身處的立場不一樣。」

「說得也是。」

「謝謝。託你的福，我也稍微能做好覺悟了呢。」

「妳說覺悟？」

堀北點頭。

「這場追加考試勢必會有人退學，這是無法避免的命運。既然這樣，我就必須正確地判斷誰適合退學，然後做出決斷。你了解我這些話的重量嗎？」

龍園笑著，但他ＹＥＳ跟ＮＯ都沒回答。

「說不定妳掙扎後的結果會是妳被班上排擠呢。」

「就算變成那樣，也就表示我的實力不過如此吧。」

「真無聊，聽起來只像在虛張聲勢。」

「唔……」

堀北沉著地與龍園說話，龍園卻窺伺到那些平靜的深處。

不對，與其說是窺伺，倒不如該說他插手了嗎？

「妳大概想從我身上得到自信……但那依舊是虛有其表的自信與覺悟。」

龍園讓人刺痛的發言令堀北焦急。

「要把某人割捨掉，就是如此困難。」

「……我辦得到。我從一開始入學就對扯後腿的學生毫不留情。」

「妳是辦不到的呢。」

「你……懂我什麼？」

「這一年我有充裕的時間觀察，我很了解妳的實力。而且，我從妳說話的許多地方都隱約看得見其中的懦弱。」

堀北在言語上的應對進退沒勝算。

像是「稍微能做好覺悟」這種半吊子台詞。

在說出「我辦得到」之前的短暫沉默。

他迅速且確實地察覺到別人大概完全不會留意的部分。

堀北無意間的懦弱。

步調完全掌控在龍園那方。

「妳已經沉溺在班級這個安逸環境裡。變成這樣的話，最後妳根本就不可能完全理性。能辦到這種事的只有最初就對班級沒有留戀的我，或是只把同學當作棋子看待的坂柳。」

建立朋友關係以前的班級，以及關係建立之後的班級，是似是而非的東西。

堀北一開始入學確實是毫無迷惘，也對捨棄不及格的須藤予以肯定，但若問她現在能否捨棄須藤，那她一定沒辦法吧。人與人的關係一直都在變化。

「雖然你說得一副了不起的樣子，但你還是不可能有辦法解決吧？」

「妳為什麼會這樣想？」

「因為你已經輸給了班上同學，或是敗給了外面的某人……」

堀北有一瞬間看向我，但馬上又把視線移回龍園身上。

「反正你會就這樣輸掉，並且一聲不響地退學吧？」

堀北硬是扔出挑釁般的發言。

不過，龍園靜靜地接受了這點。

「這就像是對打敗我的石崎的讚美呢。我會乖乖接受妳的這番話。D班那些人是不會錯失這次機會的，妳當然也別錯過嘍。」

龍園說完，就笑著再次看向書本。

「……是啊，我會盯著C班的夥伴絕對不要把讚美票投給你。當然，雖然我什麼也不做，應該也不會變成那樣。」

因為堀北離開，我也跟著退下。龍園看著書的視線，沒有再往我們看過來。

邁步而出的堀北看似冷靜，實則憤怒。

「他才是在虛張聲勢。他只是無論如何都無法掙扎，卻還是在裝模作樣。無論怎麼掙扎他都會被退學。」

「不知道耶，那傢伙或許真的有辦法解決。」

「沒辦法的。不管怎麼想，龍園同學都無法避免退學。就算他從現在開始做個正派的人，向大家低下頭，他的批評票不會減少，讚美票也不會增加。」

「嗯。以正面進攻的辦法，不論如何都沒辦法呢。」

「就算他想行賄或者威脅都沒用。你們不就是這樣說的嗎？」

確實如此。虧她有聽見內容啊。

「還是說，難道你看得見嗎？看得見龍園同學不會退學的那條路。」

「沒有，我完全看不見。」

我在腦中試著計算得失，但現狀下不存在他會存活下來的戰略。

為了存活下來，他還缺少必要的零件。

「那就是這樣了。」

堀北就這樣不開心地離開了咖啡廳。

我回頭瞧了龍園一眼。

假如我跟龍園更晚交手……

「不對，事到如今，這是沒意義的妄想呢。」

繼續思考將要離去的學生的事情也沒用。

我決定不去思考，並回到小組裡面。

2

那天晚上惠打了過來。

內容大概是跟特別考試有關吧。

『那個啊，這次的考試，我該怎麼做才好啊？』

「妳的周圍也開始形成幾個小組了吧？」

『唉，是有幾個吧？我這組有七個女生。』

惠說出了除去自己的六個人名。

那是平時就跟惠很要好的成員。

『大家還是很害怕退學呢。老實說……我也不知道自己被幾個人討厭。』

「妳就算收到好幾張批評票也不奇怪。」

『欸，這時候你就算說謊也要說沒有那種事啦。』

惠在電話的另一端生氣地吼著。

「現在先安分點。不要太高調，也不要帶來不好的觀感才是上策。要是不小心引人注意，就有可能成為被退學的候選人。」

『我知道了，我不會反常地刺激別人。』

「這就對了。但事情變成這樣，對妳來說跟平田分手或許會變成正面條件呢。」

『咦？』

「平田深受女生歡迎。如果妳繼續跟平田交往的話，像是把妳逼到退學並強行讓你們分手……說不定會有學生在動這種歪腦筋。」

『唔哇，好可怕，但這也有可能……』

因為是匿名制，可以採取大膽的行動。

『……你倒好，因為你既沒存在感也不起眼。成績又很普通。』

從大多同學看來，我沒有值得讚美之處，也沒有該要抨擊之處。

「沒存在感也是有派得上用場的地方。」

『但你大概會被須藤同學投下一票吧？在消滅你這個「看上堀北同學的情敵」的意義上。不過，雖然這是須藤同學擅自這樣深信的呢。』

「應該吧。」

既然必須寫上三個人的名字，有幾張批評票投過來，就會發生在任何人身上。不值得逐一放在心上。

『現在班上不太妙的果然就是笨蛋三人組跟高圓寺同學嗎？』

惠她們那一群也進行過類似的對話吧。

「他們是最有可能的，但也不知道會變得怎樣。現狀對高圓寺來講很不利。」

『而且他也不是會組成小組調整選票的那種人呢。』

「嗯。」

池跟山內、須藤等人顯然會組成小組互相扶持。

另一方面，高圓寺就很孤立無援。他強勢的態度也很容易樹敵。

在考試宣布的第一天就在全班面前跟須藤激烈爭論也很吃虧。

『你要怎麼做？你打算把批評票投給誰？』

「我還沒思考，但我打算純粹選擇今後對班級來說不必要的人物。」

『真理性，雖然這很像是你的風格。』

既然有人要被退學，我也只能這麼判斷。

『啊，你該不會……要說那個人會是我吧？』

「妳對班級來說是重要的存在。那不可能。」

『是、是嗎，這是當然的呢。』

她回以有點害羞，又有點驚訝的反應。

「要是妳發現班上被排擠的學生，換句話說，就是發現退學人選固定下來，而且開始誘導批評票的話，那妳就聯絡我吧。我很難獲得那種情報。」

『ＯＫ。』

我結束了跟惠的通話。

雖然我說要割捨今後不需要的人物，但那也完全是我個人的意見。

既然我不會積極跟班上有牽扯，我也不打算強力干涉選票的操作。

我打算乖乖接受最後好幾組人互相衝突並得出的結果。當然，要是殃及我自己的話就另當別論了。

總之，剛才惠所說的池、山內、須藤被退學的可能性不低。而且也還有高圓寺。進一步看向女生的話，學力低落的井之頭或佐藤、愛里應該也不在安全範圍內吧。但不過今後也會有小組形成的話，也就表示選票會因為成績層面以外的理由大幅移動。像是孤立的高圓寺，或懦弱且朋友不多的愛里，就有容易被盯上的傾向。

「事情會怎麼發展呢。」

我就邊蒐集情報，邊為不測事態做準備，並且守著選票的動靜吧。

拯救的困難

我早上醒來就確認了手機。

綾小路組的對話果不其然在我睡著的期間也如火如荼地進行。

追加考試公布出來才經過一天，話題會以那件事為中心也是當然。

「會強烈不安也沒辦法呢。」

尤其愛里擔心的模樣，就算從訊息的文字中也可以簡單看出來。

假如小組中有誰變成班級的攻擊目標就會非常麻煩。不只是我自己要干涉到什麼程度的部分，也會非常難以採取對策。我會以平田或惠之類的人物為中心做事前安排，但那也不存在絕對的保證。

就算做出近似恐嚇的威脅或交換契約，同學也可能在最後關頭改變批評票的填寫對象。根本沒有辦法從集中的批評票中百分之百迴避。

無論如何就是有人得背起一定的風險。

我把訊息往上滑，發現啟誠有個很有意思的提議。我從那項提議的部分讀了下去。

『明天起的三天期間，要不要我們之中的誰提早到校蒐集情報呢？』

『我們這群的人數少，這可能是個好點子。我要加入啟誠的提議。』

『這或許是個好辦法，我也很在意會出現什麼話題呢。』

『我也贊成。』

『明天我會提早出門，交給我吧。』

全場意見相同地抵達了這個結論。雖然他們也有提到我，但因為我的手機基本上都很晚才會已讀，所以他們就說要事後取得我的允許並做了總結。

「原來如此呢。」

雖然我不認為會輕易地得到情報，但總比什麼都不做還要好。

這就作戰來講很簡單，效果也值得期待。

這是昨天的對話，所以現在應該已經是波瑠加抵達教室的時候了。

如果是這種發展的話，剩下的其他人也能提早到校，我就算什麼都不做應該也沒關係。

三天後要投票。也就是最晚大概在今天，讓批評票集中在某人身上的方針就會固定下來。總之，如果綾小路組可以在上學前的行動中得到情報，那就太幸運了。

另一方面，我就等待惠跟我報告女生的動向，並且同時從管理須藤的堀北，或是平田之類的人探聽男生的情報吧。

畢竟在早期階段就先掌握情報很重要呢。

1

不過，只要適應的話，還是會習慣。

等我到察覺時，我在這間宿舍的生活也已經過了一年。

「真不覺得時間的流逝跟以前一樣呢。」

因為在我們的感覺上，開心與否的時間流逝是不一樣的。

我以前學到這種事的時候，老實說不是很明白。

對我來說，直到入學高中為止的時間都是均等的，沒有任何一秒的誤差。

可是現在不一樣。

很明顯地，現在每天都是以足以匹敵目前為止數年時光的速度在流逝。

再兩年就要畢業了。

光是這樣想，總覺得那天眨眼就會到來，所以真讓人覺得不可思議。

「早安，綾小路同學！」

「喔，早安，一之瀨。」

我們早上離開宿舍的時間或許幾乎一樣，我一走到外面，就被一之瀨從背後搭了話。我回頭答話。

「嗯？」

不知為何一之瀨卻在那一瞬間有點僵硬。

她沒有靠來我這邊，就這樣維持打招呼的姿勢不動。

「怎麼了？」

我這樣叫了一之瀨之後，她就像是從束縛咒語中被解放，但動作仍有些僵硬地接近而來。

「哎呀，呃——今天也很冷呢——」

「是啊。」

每次說話，都會吐出白色的氣息。

「你有跟誰約好一起上學嗎？」

「不，完全沒有。我早上大致上都是一個人。」

「那麼……我可以跟你一起走嗎？」

被一之瀨這樣拜託，男女之中都沒有學生有辦法拒絕吧。

我點頭答應。

「…………」

「…………」

我們獨處的時候，一之瀨大致上都會拋來話題，然而在現在的這片沉默中，我只聽得見彼此的腳步聲。一之瀨走在我的稍後方。

因此，我決定試著對一之瀨拋出這次考試的話題。

「對你們B班來講，這次考試應該很辛苦吧？」

B班的團隊合作遠勝於別班，感情又很好。

必須從中決定要排除的學生，應該會讓人非常難受吧。

「啊～……嗯，是啊，我覺得這是目前為止最困難的考試。」

「我想也是。」

一之瀨蒙上一層陰霾的表情就訴說了這點。

只有身為班級中心人物的一之瀨絕對處在安全範圍內。

她跟平田或櫛田不一樣，大概是這場考試唯一一個確定會及格的學生吧。

就是因為這樣，不得不割捨某人的判斷就會令人很難受。

甚至乾脆徹底旁觀不干涉讚美票跟批評票還比較理想。

雖然一之瀨也可能正在採取那種戰略……

「就算是這種棘手的考試，我也只能想點辦法了吧？」

「唉，是沒錯。」

「……嗯，我只能想點辦法了呢。」

一之瀨說完就與我並肩同行。

那張側臉微微地笑著。

「難道說……要由妳要退學嗎，一之瀨？」

「咦？討厭啦，我沒對任何人說過那種話喲。」

一之瀨否認，但我可以從她的眼神中看出些許動搖。

有種「她有覺悟連這個選擇都可以列入選項」的氣氛。

「我就姑且先說了，妳的同學不可能輕易把妳的名字寫上去喔。」

「我都沒說要退學，你卻好像有些想法呢。」

「這都寫在妳的臉上，妳的臉上寫著那也在考慮範圍內。」

「是、是嗎？」

一之瀨連忙打算確認。

這是天然呆嗎，還是故意的呢？

這次感覺是前者呢。

「唉……要先跟大家保密喲。」

「妳要為了誰而犧牲自己嗎？」

「可能有點不一樣吧？我必須打一場自己也會背負風險的戰鬥。我是這麼想的。」

自己本身會背負風險的戰鬥嗎？

總之，意思就是她不打算選擇袖手旁觀這種輕鬆的手段。

「我不懂耶，妳是想至少要向退學的學生親手送上餞別嗎？」

就算這樣會比起被別人送行還要好，也應該絕對不是讓人期待的發展。

我無論如何都無法想像那個學生笑著退學的模樣。

「這邊就別再深聊下去嘍。這也不是會想被別人問到的話題，再說你是C班的學生，不管是怎樣的考試，我們都有無法共存的部分呢。」

「確實如此。」

如果要說有我們能做的，那就只有商量讚美票的事情。

要是我可以得到一之瀨的一票，就多少可以把考試推往優勢。

但一之瀨本來就不是需要讚美票的學生。話雖如此，她應該也不會做出因為點數就輕易讓出選票的舉止，所以我也不會提出什麼提議。

畢竟即使買下一張票，也只會是保平安的程度。

「不過，學校也真過分呢，居然要讓某人退學。就算可以投票給別班的人，到頭來還是會有某人不得不退學。」

並不是任何人都歡迎這場考試。

在這個一年級就要結束的時間點強制退學。

「你沒問題嗎？」

「這個嘛，不知道耶……我在班上也沒有被當成是那麼必要的學生。」

「不嫌棄的話，我說不定有餘力可以幫助你。」

「怎麼說？」

「我可以把手上那張給別班的讚美票投給你。」

一之瀨提出了我認為自己不會主動開口的讚美票話題。

「雖然只憑一票或許很靠不住……」

「這提議很令人感激，但是我就不用了。那不是我這種人該拿的票。」

「不會啊。倒不如說，我甚至覺得這會是這場考試上最合理的一張票。別班值得讚美的人——沒錯，我應該要把票投給救了我的你。」

她這種說法實在是讓我很難回話。

「我知道了。那麼，如果發生了什麼事情，到時我說不定會拜託妳。」

「嗯，我會記著的。」

一之瀨說完就笑了出來。

「早安，帆波。」

我們的身後傳來這樣的聲音。

「早安，朝比奈學姊。」

「妳今天也很有活力呢——對了，你們兩個不同班吧？原來你們還滿要好的啊。」

「呃，是的。我們是很要好的朋友……」

一之瀨有點害臊地回答。

「咦～？是朋友啊——」

她說得再普通一點，會比較不容易造成誤解呢。

「唉，算了。那個啊，我想借一下綾小路同學，可以嗎？」

朝比奈往我靠過來之後，就提出希望跟我站著閒聊，要一之瀨先走一步。

「我知道了。那麼，綾小路同學，我先走嘍——」

一之瀨沒有特別不情願，她低頭行一次禮，順從了朝比奈。

「抱歉啊，帆波。回頭見嘍。」

「不會不會！那我先走了。」

兩人簡短的對話沒什麼異樣。

倒不如說，她們似乎建立了穩固的學姊妹關係。

「那孩子很不錯呢。既可愛，又聰明。二年級裡也沒有人說帆波的壞話。」

「是啊，我覺得即使是在一年級裡，一之瀨在男女之間也很受歡迎。」

「難道就是你擄獲了她的芳心？」

看來她還是很在意一之瀨剛才有點不自然的態度。

「那不可能。」

同年級的一之瀨就另當別論，我想盡量縮短跟朝比奈待在一起的時間。

要是被在南雲支配下的那些人撞見，似乎會傳起各式各樣的猜測。如果她有事情的話，就請她繼續說下去吧。

「妳有事的話，我會聽妳說。」

「真冷淡耶——唉，算了，因為你剛才很開心地在跟帆波說話，所以我才會想先告訴你呢。」

朝比奈直到剛才為止都開朗地笑著，那笑容卻逐漸從表情上消失。

「我有聽說一年級考試的事情，那是要強制弄出一名退學者，對吧？」

「好像是這樣呢。」

這在二年級生之間似乎也已經成了話題。

「該說帆波很替朋友著想嗎？你知道她的個性不會輕易認同讓B班的某人退學的舉止，對吧？」

「是啊。雖然大家都沒說出口，但我覺得都還是很好奇B班的未來。」

這種表達方式很保險，我也淺顯易懂地表達了我的想法。

「那麼啊，你覺得帆波在這場考試上會怎麼戰鬥？」

朝比奈以窺伺般的眼神往我看過來。

與其說是好奇心，倒不如說可以當成是在測試我。

在這裡回以愚蠢的答案似乎會造成反效果嗎？

「假如是採取不出現退學者的方針應考……B班存了相當多的個人點數。接下來，就是要設法填補不足的點數拯救退學者。應該會是這種發展。」

「嗯，答對了。是說，答案也只有這個了呢。」

如果是以不出現退學者為前提，任何人都可以抵達這個結論。

只不過誰都無法實際執行那件事。

「設法籌到兩千萬點」的「設法」極為困難。

「她好像拜託雅那傢伙幫忙。然後，你覺得那傢伙回答了什麼？」

「應該是欣然答應吧？」

「……答對了。」

就這過程來講，也不可能會是其他結果吧。

「我就先問問吧，他不可能輕易借出個人點數吧？」

就算是擁有再多個人點數的B班，不足的金額應該也很龐大。

應該會不夠好幾百萬點。

「這當然不可能。如果是幾千、幾萬點就另當別論，那樣的話還有考慮的空間呢，但那種幾十萬、幾百萬的點數，不管是誰都拿不出來啦。」

朝比奈毫不猶豫地這樣回答。

「三年級生跟我們二年級生都必須替在未來等著的特別考試做準備。在直到最後關頭都不知道會不會運用到個人點數的情況下，我們應該完全沒有把點數託付給一年級生的餘力。」

我想也是。

就是因為這樣，茶柱也是以「辦得到就試試看」的感覺說話。

就算有辦法從高年級生那裡得到極少量的個人點數，大概也不可能請他們轉讓幾千幾百萬的點數。雖然也是有之後再多還一些這種方法，但對於將迎接畢業的三年級生來說是不可能的。即使可以向二年級以借貸的形式得到承諾，但還是可以看成是不可能得到龐大數目的吧。

「要說有人能回應期待，那就只有南雲學生會長了吧。」

「因為那傢伙存了不少點數呢——」

「然後呢？」

目前為止的內容，從對話過程馬上就推測得出來。

可是，從一之瀨產生猶豫來看，這恐怕有附加條件才對。

「別那麼著急啦。就是因為我跟那傢伙同班，我現在才會對於把一大筆點數貿然借給學妹抱持疑問。帆波當然是個很可愛的學妹，不過這次考試她絕對不會退學，對吧？」

「是啊，畢竟這個戰略是在阻止一之瀨以外的某人退學吧。」

「所以，就我的立場來講，我不希望她跟雅之間產生借貸。這當然也是為了我自己的班級……但最重要的是因為這樣帆波很可憐呢。」

「她被提出了什麼嚴苛的條件嗎？像是利息很高之類的。」

「那傢伙，對帆波提出的借錢條件……是跟自己交往。」

「原來如此。」

說很像是南雲的作風，確實也是如此。

以借出個人點數為條件要求交往嗎？

通常這條件是不可能的，馬上拒絕也不奇怪。但南雲應該知道若是為了保護班級，一之瀨有

可能會接受。

「這樣好嗎？把那種事情告訴我。」

「我說過了吧？說過是為了我自己的班級。如果雅借出一筆龐大的個人點數，我們可能就會變得很痛苦，帆波就算能保護夥伴也會很難受。這樣也不會有什麼好事，對吧？」

「或許是這樣呢，但妳為什麼要來找我商量？我是C班，跟一之瀨是敵對關係喔。」

「不知道，不過我覺得你應該可以想點辦法。」

「妳太抬舉我了，我也無法補足別班不夠的份。」

如果我可以代替南雲自己籌出點數，事情就會不一樣，但也沒辦法。

「也是喔，畢竟你們是競爭對手呢……」

在可以盡量減少敵人才令人慶幸的情況下，幫助競爭對手的班級實在是太愚蠢了。說起來，如果是幾百萬點的話，C班就必須所有人團結起來。那是絕對不可能的。

「我什麼都做不到喔。」

「沒關係，就算你辦不到什麼，我也不會怨你。總之，這只是求神拜佛般的感覺，我要賭賭看可能性。」

朝比奈拍了我的背，然後就跑了起來。

「總之，我告訴你了，接下來就交給你判斷。」

她只說了這些話，就沒有停下腳步地前往學校。

從她的口氣與態度看來，應該也不是在騙人。

「跟南雲的交易嗎？」

這戰略雖不像妳，但要說也確實像是妳的作風呢，一之瀨。

如果是那樣的話，確實可以防止班上出現犧牲者也說不定。這是班級團結一致，以及就是因為存有鉅額點數，才可能實現的戰鬥方式。但從朝比奈的語氣看來，交往條件好像是很高的門檻。如果不覺得交往痛苦，趁南雲沒改變心意前先把個人點數借來才安全。

畢竟要跟異性交往，很難立刻做出決定呢。

如果是我可以協助的問題倒還好，點數的問題我實在是愛莫能助。

不夠的金額恐怕會是四五百萬。超越了我可以幫助的範疇。

雖然捨棄夥伴比較省錢，但一之瀨衡量交往條件後會怎麼想呢……

「從那傢伙的個性來看……」

不難想像今後會變得如何。

這次考試要在班上進行討論本身很困難。

我感受得到教室裡的氣氛很糟糕，而且很緊繃。

「早安，小清。」

「早。」

波瑠加跟我打了招呼。同時，我坐到了自己的座位上。

我從到校學生們的表情上感受不到活力。

學生似乎受到不知將被誰投下批評票的部分阻礙，因此無法維持正常的班級關係。

直到特別考試結束為止，大概都會維持這種狀態吧。

然後，這種狀況在特別考試結束後也會持續一段時間。

『真灰暗呢——教室的氣氛。』

波瑠加傳來這種私人訊息。

『有什麼不一樣的地方嗎？』

『目前沒有，果然都在提防著彼此吧～』

這裡是誰會在哪裡聽見對話內容都不知道的教室。

大家都不會貿然做出指名特定人物的發言吧。

『那就期待明天吧。』

『嗯。』

結束這稍短的對話，我就收起了手機。

我們低調且不打擾班級地等待暴風雨經過。

雖然前提是同學會允許我們這種天真的想法。

3

午休一到，我就前往圖書館。

我不是對於跟綾小路組共度午休有所不滿，但偶爾個別行動也很重要。再說圖書館也有個跟我一樣喜歡書籍的學生。

今天那個學生——椎名日和，果然也拜訪了圖書館。我隨意抽出一本書，仔細考慮要不要借回去，所以就坐下來開始閱讀。不久後被她搭了話。

「你好，綾小路同學。」

剛午休的圖書館沒什麼人，她似乎馬上就發現了我的存在。

她的手上拿著類型相似的書。

「妳還是老樣子，是個書蟲耶。」

「這是個非常棒的地方呢。」

日和隨口徵求我的同意，在我隔壁坐了下來。

彼此安靜地讀書。

喜愛圖書館的學生們，本來就不需要多餘的對話。

閱讀這行為本身也能說是某種對話。

我們直到午休快要結束為止，都不發一語地一直讀書。

大概經過三十分鐘左右了吧。

「差不多該回去了呢。」

「是啊。」

我們抬頭確認時鐘，接著一起離開圖書館。

「對了，日和。我有事要問妳。」

「什麼事呢？」

她不知會被問到什麼問題，而一臉感到不可思議地抬頭。

「我想知道龍園的狀況。」

「龍園同學的狀況嗎……老實說，不太好。」

「他果然是退學的第一人選嗎？」

「是的，班上幾乎所有人都同意把批評票投給龍園同學。」

「龍園自己也接受這件事嗎？」

「我認為沒錯。其實，我最近放學後常常和龍園同學來圖書館，所以也有稍微聊過，因此我非常清楚。」

我之前在咖啡廳看見他的時候，他就借了圖書館的書。

我那時就覺得他有跟日和接觸也不奇怪。我過來這裡看來是正確答案呢。

「那件事情，妳怎麼想呢？」

「雖然很哀傷，不過這次考試無法避免退學者的出現。所以關於少了某人的這件事，包括我自己消失在內，我都能接受。但是，如果D班接下來要往上爬，我認為龍園同學的存在對班上來說應該很必要……」

雖然她對龍園應該也有一些想法，但這也代表著她認同龍園的實力吧。

回想起來，龍園以前對待日和的態度也不會很草率。

「抱歉啊，問了這種事。我不知為何對D班的情況——」

我這樣說到一半就語塞了。

「不對——我大概也不希望龍園退學吧。」

今天我根本不必前來此處。

可是，我無論如何都想知道龍園的狀況，所以才會過來這邊。

「因為朋友是越多越好呢。」

「……是啊。」

感覺有點奇妙。我跟龍園應該是敵人。

「那個……」

「嗯？」

「這是，那個，雖然我覺得這不是我這種人該說的話……」

日和似乎有點難以啟齒，但還是說了下去：

「但綾小路同學，請你不要退學喔……？因為我不希望重要的朋友再消失了。」

「我會妥善處理。」

我感激地收下了日和的擔心。我們接著返回教室。

4

放學後的現在，氣氛也一樣糟糕。

不知我隔壁鄰居堀北知不知道這點，她一如往常地開始靜靜準備回家。

要自己熬過這次的這種考試很困難。通常都會希望自己的夥伴盡量多一點，但堀北完全沒表現出那種態度。

就算她打了什麼如意算盤，願意把讚美票確實投給她的應該也只有須藤了。

這麼一來……

我想起堀北上次跟龍園起衝突的模樣。

如果思考她想要什麼、欠缺什麼的話，就會看出她的戰略。

看來，她打算用跟別人不一樣的辦法熬過這場考試。

可是那不是條簡單的路。

但如果可以實現，就我的立場來講也是如願以償。我跟堀北描繪的戰略，大概可以看成是一樣的。既然如此，就請她成為那名適合的人選吧。

我看了同學們一眼。

並想像堀北會如何看待學生們。

「妳難得沒來尋求建議耶，考試沒問題嗎？」

雖然才隔一天，但我還是決定確認堀北有無變化。

「畢竟找你尋求建議，你也不會老實回答。」

「的確。」

堀北似乎也開始理解這部分了。

「再說……這次不是可以輕易尋求同學幫助的考試。」

「雖然其他不少學生都很堅持要集中讚美票並組成集團呢。」

「想那樣做的人去做就好了。」

堀北整理行李，接著離席。

「既然這樣，妳打算做什麼？」

「做我辦得到的事。」

她只留下這些話就回去了。

我有些掛心，於是跟上堀北。

「幹嘛？」

她好像很不滿我跟過去，於是稍微皺眉瞪了過來。

「我對於妳打算做的事情有點好奇呢。」

「你平常都不會來纏我，為什麼只有這次是這樣？」

為什麼嗎？

單純是因為我對堀北打算執行的戰略抱著期待。

如果她能替我實現的話，就我來說，我也會想要全面性支援她。

然而我不會在這裡直接告訴她。

「妳沒有自己的小組吧？如果妳有危機的話，我也可以幫助妳。」

「是沒錯。你算是有在擔心我的狀況是嗎？要是我叫你幫我，你就願意讓我加入你的那一群嗎？」

「就我來講，增加人數也比較不會傷腦筋。」

「雖然這是個令人感激的提議，但我要拒絕呢，我現在需要的不是你。」

意思就是說，她已經打定主意了吧。

不過，目前還處在欠缺條件且受到不安驅使的階段嗎？

我應該很不適合填補那些不足的「職責」吧。

「你真的是……」

我被她比剛才更強烈地怒視。

「幹嘛？」

「總之，不要管我。」

被她嚴厲告知這點，我便點頭止步。

就算我繼續追著堀北，得到的也只有對方的憤怒吧。

目送堀北後，我凝視了一下走廊的窗外。

「今天就回去好了。」

「……能耽誤一下嗎，綾小路同學？」

像是與堀北交錯似的，平田來到我這裡。他是從後面跟上來的嗎？

從時機來看，他說不定是在等我跟堀北分開。

「可以的話，放學後能陪我一下嗎？我有話要說。」

平田難得邀約，我沒什麼理由拒絕。

我點頭答應平田，他就放心地吐了口氣。

平田在緊張氣氛中度過了一天，似乎是最耗體力的那個人。

當然，可見這次的邀約跟考試有關。

「那麼，四點半在櫸樹購物中心的……我想想，可以在南門附近會合嗎？」

「我知道了。」

我們只有這樣約定。

好像不是能在這裡談的話題。

畢竟要去社團活動或回家的學生們接連地經過。

我今天原本也打算放學後跟啟誠他們集合，所以我就先告訴他們會稍微遲到。平田好像要跟班上的朋友們聊一下天，因此我決定先去櫸樹購物中心。

5

我離開教室，直奔校舍出入口。

途中遇見了一年A班的坂柳有栖，她身邊也有神室的身影。

「綾小路……」

神室很警戒，並僵著身體。

不過，坂柳的動作從容且緩慢，就跟平時沒兩樣。

兩人對比般的舉止有點有趣。

「真巧啊，綾小路同學。」

「是啊。妳找Ｃ班有什麼事？」

感覺坂柳她們正前往Ｃ班。

但坂柳笑著敷衍我的疑問，沒直接回答就是如此。

「你接下來要去哪裡？」

「我預定三十分要在櫸樹購物中心跟朋友會合。」

「這樣啊，你正在盡情享受學生生活呢。如果可以的話，能耽誤一點時間嗎？」

坂柳拿出手機確認時間。

她是為了見我嗎？不對，這也有點難以想像。

現在才剛過四點十分。

就算走到櫸樹購物中心要花上幾分鐘，現在也有十分鐘以上的緩衝時間。

「可以站著說嗎？」

「嗯。但這邊有點引人注意，我們要不要稍微移動呢？」

「好啊。」

就我的立場來說，我也想盡量避免引人注意。

如果是同班同學就算了，但就算不願意，坂柳也是個引人矚目的人物。

正因為坂柳也很清楚這點，她才會建議移動到沒有人煙的地方。

我配合走路緩慢的坂柳，花了一點時間移動到校舍。

「話說回來……綾小路同學、真澄同學，你們不覺得這次的追加考試很不講理嗎？說是至今沒出現退學者，所以就要強制弄出退學者。就常識來想，校方製作這種考試很奇怪。」

「是啊，總是很冷靜的真嶋老師似乎也有點動搖。」

不只是茶柱，其他教職員似乎也無法接受這次的考試。

「那是有理由的喔。」

「什麼啊，妳知道嗎？」

「雖然這是私事，我覺得很不好意思，但前幾天我父親的停職決定下來了。」

「妳說停職……我記得妳的父親是這裡的理事長吧？」

神室好像知道這件事，於是這樣反問。

「雖然我無法問得很詳細，但冒出了許多對我父親不利的事情。我所認識的他，不是那種能夠著手做骯髒事的人。當然也無法完全排除只是女兒不知情的可能性……可是或許會是某人為了拉下我父親而正在策劃各種事。」

這些話似乎是在對神室說，但實際上是說給我聽的吧。假如坂柳的爸爸真的是清白的存在，那男人有插手也不足為奇。

我對坂柳父親的印象可能不是誤會。

「話雖如此，但這件事也跟我們學生完全無關。這只是在閒聊。」

對坂柳來說，父親被迫停職似乎不值一提。

「可是，那又跟這次考試有什麼關聯？」

「這是為了讓某人退學而急忙準備的考試……妳就不能這樣想嗎？」

「妳說某人……」

神室看了我一眼，隨後就把視線移回坂柳。

「我到目前都刻意不去在意，但是，妳為什麼會盯上綾小路呢？」

神室一邊移動，一邊在坂柳身旁問道。

「哎呀，妳至今為止都不在意嗎？」

「……我怎麼可能會去在意？」

神室這麼否認，但坂柳的側臉彷彿知情一切。

不過，她沒有深究，便回到神室提出的話題。

「只是因為我以前就認識他。若是這種理由，妳會無法接受嗎？」

坂柳對好奇的神室這樣回答。

想到她截至目前都沒有揭露任何理由，這個回答算是滿公開的。

也可以當成她是為了觀察我的反應。若是我貿然著急，或做出阻止坂柳說話的舉止，就會暴露出這種話題是我的弱點。

不過，實際上我並不怎麼在意。

「總之，也就是說你們是偶然在這所學校再次相遇嗎？雖然感覺機率很低。」

「嗯。就是那種很低的機率。對吧，綾小路同學？」

「可能是吧。」

雖然我從沒見過她，但坂柳的表達絕對不算是有誤。

坂柳確實單方面認識過去的我。

「那麼，意思是他很棘手嗎？抱歉，但看起來完全不是這樣呢。」

因為坂柳深談了這件事，於是神室也深入話題。

她們在某種意義上或許很相似。

「就妳來講，妳問得還真深入呢。我想妳目前為止都不曾對我拋來這種問題。」

因為跟神室直接接觸過好幾次，她才會萌生各種想法吧。

她或許也對坂柳產生了無法徹底壓抑的好奇心。

「誰都會這樣想吧？到目前都沒有妳這麼執著的對手。」

「妳不會特別干涉與過問那種事，所以就我的立場來說，才會毫不顧忌地把監視綾小路同學

的工作交給妳……真拿妳沒辦法呢。」

坂柳看起來很傻眼，卻又有點開心。

本以為坂柳是為了觀察我的情況，但也可能只是覺得神室這種反應很有意思，所以才會丟出壞心眼的問題。

在她們聊得忘我的期間，我們就抵達了目的地。

「如果是這裡的話，要說話也不會被打擾吧。」

放學後的特別教學大樓確實很安靜。

「那麼，真澄同學。不好意思，請妳先回去。」

讓她同行至此好像只是因為希望有個聊天對象。

「……這樣啊。」

坂柳到頭來還是沒打算針對我做出深入說明，並決定讓神室先回去。

神室似乎知道會變成這樣，她沒有抵抗地下了樓梯。

「這樣好嗎？」

「嗯。綾小路同學才是呢，要是自己的事情貿然被洩漏出來，你應該會很傷腦筋吧？」

「還好。」

假如在這邊表現得很困擾，就會變成一種破綻。

我不會特地給坂柳多餘的情報。

「我成功讓你把我視為敵人了。我會暫且這麼理解。」

我的對應是基於什麼理由，也不值得坂柳思考。

「妳不惜讓神室先回去，是要對我說什麼？」

移動上花了時間，所以距離約定碰面的時間沒那麼多空閒了。

我催她說出正題。

「是關於我跟你的約定。」

「我記得下一場考試我們就要一決勝負了呢。總之，就是這次的考試。」

「嗯，我原本是那麼打算。可是……如果可以的話，我想把這件事暫緩到下次。這次不是跟別班的鬥爭，是夥伴間的篩選。如果會給外界帶來影響的是讚美票，那我也沒辦法進攻……我們就把比賽留到下次，沒關係吧？」

換句話說，因為沒辦法把這次當作對決舞台，所以她要我不把這次計算在內。

「能請你接受嗎？」

「可以隨妳判斷。」

坂柳禮貌地向順利做出判斷的我答謝。

「謝謝你。我原本還想說，要是你咬定考試就是考試，那我該怎麼辦才好呢。這樣我就可以

毫無顧忌地專注在A班的內部狀況，只不過……」

「只不過？」

「就是因為要停戰，為了讓你確實信任我，所以我要刻意這麼說——我在這場考試上絕對不會帶給你負面影響，換句話說，我絕對不會把批評票投給你。」

她這樣說出了限制自己的約定。

「萬一我在某些事情上干涉C班，並對你的考試結果造成損害……到時算我輸了也無所謂。下次的比賽，你也可以拒絕沒關係。」

「要是我在這次考試上聚集批評票，根本也不會有什麼下次比賽。」

我就會可喜可賀地被退學。

「確實如此呢。總之，請你放心。我只會先說這些。」

她這些發言簡直太有禮貌了，但這也是為了博取我信任的必要行動吧。

「如果在開始跟我比賽前，就變成妳遭到手下背叛的那種發展呢？」

「呵呵，你還真會說笑。」

A班學生幾乎都是坂柳派系。

看來他們不會做出會失去首領的舉止。

「我在這場考試宣布的階段，就決定要讓誰退學了。」

「馬上就決定好要排除的人嗎？這是正確的判斷呢。」

這也能說是以力量合法支配班級的坂柳才能採取的手段。

「妳打算什麼時候把人選告知同學們？」

「早就處理完了。如果到最後一刻都不告知要消除什麼人選，他們也會感到不安。事先告知的話，同學也會比較輕鬆吧？」

對於被擺了退學處分在眼前的學生來說，這會教人無法忍受。

可是A班完全沒有任何慌亂的狀況。

「你知道會是誰嗎？」

「不知道耶，我完全沒頭緒。」

我試著隨意帶過，但心裡還是有了底。

「就是葛城康平同學喲。」

「這算是很妥當吧？」

「他是A班過去的領袖，以前和我對峙過。因為組織裡的頂端不需要兩個人呢。」

葛城是個沉著、冷靜的男人。

他恐怕在知道考試內容的時間點，就領悟到自己會被犧牲。

也就是說，他毫無抵抗地接受了嗎？

雖然也有像彌彥那種一直很景仰他的學生，但這樣還是寡不敵眾。

「我以為他很早就作為會危害妳的存在而退位了呢。」

即使要在A班論優秀程度，葛城也屬於前段。

我覺得要剷除他是很可惜，但從坂柳角度看來，他似乎是個不必要的人物。

「我的朋友裡也有不少人討厭他，他們應該無法贊同保守的想法吧。既然這樣，請他退場才會提昇士氣。」

她的目的似乎是藉由解除兵力提昇士氣。

「把誰會成為目標告訴我，沒問題嗎？」

「你大概也不會為了保護他而在背地裡做準備吧。」

我應該也不可能會獲得符合勞力的成果。

「C班打算怎麼做呢？」

「不知道耶。我打算不做任何干涉，並交由同學判斷。」

「這麼一來……就單純會是被討厭的某人被排擠，或能力低的學生被排擠。」

坂柳享受似的發揮想像。

「只有D班不用思考是誰會退學，一定就是龍園同學了吧。」

只有那部分我沒異議。

因為A班幫助龍園也沒什麼好處。

A班在斬斷與葛城結下的契約的意義上，應該也會想要先讓他退學吧。

「我看不透的是B班呢。那個感情要好的班級裡會出現哪個退學者，是我在這場考試上最期待的事。或者，一之瀨同學會想出什麼有意思的辦法呢？」

「抱歉，時間差不多了。」

要擅自妄想是她的自由，但請她自己一個人的時候再想吧。

「是啊，先結束話題吧。畢竟下星期下一場考試就會開始了。」

喀噠。她敲響了拐杖。

坂柳的視線有極短的一瞬間望向了校舍裝設的監視器。

要是沒盯著她看，根本就沒辦法察覺她眼神的移動。

這只是偶然看過去，還是是故意的呢？我無法判斷。

「那麼，對決就按照安排，在一年級最後一場特別考試的時候進行吧。說定嘍。」

我輕輕點頭，決定離開特別教學大樓。

6

放學後可以用來約定碰面的店家沒那麼多。

學生大致上都會在櫸樹購物中心裡的咖啡廳集合，不過今天不一樣。

「今天謝謝你願意過來。」

「沒什麼啦，而且我也想跟你聊聊。」

「你能這麼說，我很開心喔。總之，我們稍微走走吧。」

我們在南門會合後，平田就確認周圍狀況似的開始移動。

「抱歉，綾小路同學。我們可以稍微變更安排嗎？」

「這意思是？」

「接下來要不要在我的房間裡談？我覺得可能比較靜得下心。」

「我沒差，那樣也可以。」

「謝謝。」

看來現在的購物中心不是那麼理想的地方。

他似乎不想讓任何人聽見接下來要說的話。

我們走在通往宿舍的路上，開始慢慢閒聊了起來。

「一年級也要結束了呢。過了這一年，你覺得怎麼樣呢？」

他吐著白色的氣息仰望天空。

「又是被送去無人島，又是讓我們辦合宿。這一年算是很紛擾吧。」

「嗯。的確很辛苦，不過我很樂在其中喔。我也覺得，如果從一開始入學時去想的話，現在同學之間的信任關係建立得很穩固。」

「是啊，我也這麼覺得。」

我不會否定這點。同學裡也有不少人討厭彼此，可是敵人的敵人就是夥伴的這句話，實際上就是這樣沒錯吧。在被強求合作的狀況中，學生之間開始產生出稱作羈絆的東西。

「真的……到這場考試開始為止，都沒問題呢。」

平田的笑容蒙上了一層陰霾。

「果然是要聊那件事嗎？」

「嗯，抱歉啊，我覺得自己很清楚你不希望這樣。」

不論是什麼考試，我都不會自己積極地扯上關係。

堀北一直以來都會無視我的這種性格，每到考試就會強烈要求協助。

很有意思的是，這次考試上卻完全相反。

堀北沒依靠我，反倒是平田來依靠了我。

不過，也就是說堀北最近有所成長了吧。

她似乎認清我不會幫忙，求助頻率也開始一點一點地下降。

「這次的考試，我無論如何都想不出解決辦法。不管想幾次都一樣呢。」

「你說想幾次是指……」

仔細一看，平田眼睛下方還冒出了黑眼圈。

看來是因為昨晚只想著考試，就連好好睡覺都沒辦法。

「真為難啊。這場考試越替班上著想就會越痛苦。」

「咦……？」

「不，別放在心上。」

我若在此說話不謹慎，平田就會潛入更深沉的黑暗裡。

現在放著他不管才是最佳之策吧。

「假如、假如有辦法拯救班上，我希望你告訴我。」

看來我的反應被誤會成答案就在我身上。

「存下個人點數兩千萬點，是不可能實現的嗎？」

「我也試著做過各種計算，但那是怎麼樣都達不到的數字呢。我昨天也試著跟學長們委婉地聊過，但學長們接下來也會面臨跟我們不一樣的特別考試。」

「他們拿不出點數幫忙嗎？」

「嗯……」

話雖如此，可以不出現退學者的救助辦法的提議，實在非常有限。

「抱歉，我想不到更多點子。不過，要是有想到的話，也一定會告訴你。」

「是嗎……嗯，謝謝你。」

我在這裡這樣回答就竭盡全力。

平田拚命擠出笑容答謝。

這場特別考試極其困難，卻也極為簡單。

只要稍微改變觀點，就沒什麼好迷惘的了。

可是平田卻看不見。

看不見這「只是一場捨棄不必要學生」的考試。

我跟高圓寺在聽見考試內容的時間點，就可以描繪出終點的圖表了。

我們當然不會知道「誰」要退學，但只要那個人不是「自己」就好。

但平田那種類型就不一樣了。

他永遠無法決定「誰」的這個部分。

所以，才會深陷不見出口的迷宮。

「綾小路同學你覺得誰退學都無所謂嗎？」

「如果可以不用退學當然比較好。可是，這場考試很難那樣。」

「……當然沒錯。可是，一定會有什麼辦法——」

「你也很清楚，所以才會連晚上都不能好好睡覺吧？」

我插嘴般地說道。

「這是……」

我們在就快到宿舍大門口之際，一度陷入沉默。

這是因為我們看見了幾名學生在大廳閒聊。

但問題其實在於別處。

我們與某個坐在大廳沙發上的男人對上了視線。

「哎呀呀，這不是平田boy外加綾小路boy嗎?真巧啊。」

「嗨，高圓寺同學，你是要跟誰碰面嗎？」

似乎是因為我們進宿舍馬上就往他看過去，所以他才會發現我們。

「如果我是要跟某人碰面，你會好奇嗎？」

高圓寺以問題回答問題。

「我可能會覺得很難得吧。」

「我不討厭老實人喔。但很可惜，我不是要跟人碰面。」

他只答了這些，沒回答自己在做什麼。

平常的高圓寺並不是會在這種地方放鬆的人。

「走吧。」

平田站在電梯前，打算按下按鈕而伸出手。

這時，高圓寺尖銳的發言從後方傳來。

「唉，你們就盡量絞盡腦汁，也在這次考試上加油吧。」

「……你好像一直都沒有改變呢，高圓寺同學。」

平田似乎有點在意那種態度，於是這麼詢問。

他的手指在碰到按鈕前停了下來。

「因為這場考試不值得我改變呢。」

「是嗎？」

平田難得上前追究。

他回頭盯著高圓寺看。當然沒有做出瞪人的舉止。

他始終都很冷靜、平穩。

「說是不值得你改變的考試，但其實你比任何人都更需要改變吧。我很擔心你呢，萬一你被同學們當作眾矢之的，那該怎麼辦……我是這樣想的。」

這既是平田的顧慮，也是一點小小的威脅。

這句話強烈地包含希望他幫忙的想法。

要是可以稍微讓高圓寺有意願協助就好了──他是這麼期待的吧。

「我不用擔心。對這件事想點辦法，就是身為班級核心的你的職責吧？」

完全什麼也不做──高圓寺不改變這種立場。

「我也有辦不到的事情。可能無法回應你的期待。」

「才不會呢。」

對於沒自信的平田，高圓寺不斷予以期待。

從這男人身上感覺不出來那到底是不是真心話。

高圓寺站起，他靠過來之後就故意輕拍平田的肩膀。

「請務必在你們夥伴互舔傷口的同時，處理掉不需要的垃圾。」

聽見高圓寺留下這句話的瞬間，他按下電梯的按鈕。

「……綾小路同學，走吧。」

「好。」

平田至今都很穩妥的語氣藏著一些怒氣。

同學之中有垃圾。

高圓寺這麼說，他好像沒辦法不焦躁。

電梯門關上後，平田再次開口。

「呼……對不起啊，讓你看到一些很不像是我該有的表現。」

「我不介意啦。是高圓寺的說詞有問題。」

平田稍微露出苦笑，微微低下頭。

「我也被你戳到痛處了呢……我自己也覺得要不出現退學者很不現實。所以，就算我表面上那樣講，其實心裡的某處從一開始就放棄了。」

我們很快就抵達平田房間所在的樓層，然後出了電梯。

「請進。」

「打擾了……」

我是第一次進平田房間。室內的裝飾跟我的房間感覺很像，基本上很簡約，而且還有些像是芳香劑的柔和香氣。

雖然很單調，但整潔的室內很有平田的風格。

「坐吧。咖啡之類的可以嗎？」

「不好意思啊。」

「沒什麼不好意思的，畢竟是我拜託你。」

平常多半都是我在待客，所以這樣感覺有點新奇。

「延續剛才的話題……」

他邊準備咖啡，邊背對著我說話。

「真的已經沒有全班都得救的辦法嗎？」

「不知道耶。可能只是我沒有想到。」

我就像剛才那樣回答。

平田就算心知肚明，也會忍不住尋求救贖吧。

不過，我本以為自己有圓場，卻帶來了反效果。

「如果你想不到，我覺得就沒有其他人想得到了。」

「你真是抬舉我耶。」

我的評價是何時在平田心裡提昇到這種程度的呢？

「自從和輕井澤同學之間的那件事，我就認為最能為班上貢獻力量的就是你。」

平田看透我內心似的說著。

「真的是饒了我吧。」

熱水煮沸了，平田將咖啡端來。

「這是事實喔。雖然你很謙虛，而且又不承認。」

我說什麼都無濟於事了呢。

就算嘴上否認，現在的平田也不會接受。

稍微在這裡改變話題似乎比較好。我這樣想，但看來平田也察覺了這點。

「這是非得有人要退學的考試。我就算想理解也辦不到。同學裡明明就沒有任何人是消失也無所謂的。」

「我也不是不懂你煩惱的心情，但你也只能轉換想法。週末答案就會出爐。」

「答案嗎？綾小路同學……你認為只要有某個特定人物退學就好了嗎？」

他以觀察般的眼神捕捉我。

眼神乍看溫柔，卻似乎有其他含意。

「我並沒有那樣想。」

我可能會被他認為站在卑鄙的中立，但事實上我就是這麼想的。就算我期待一些學生留下，

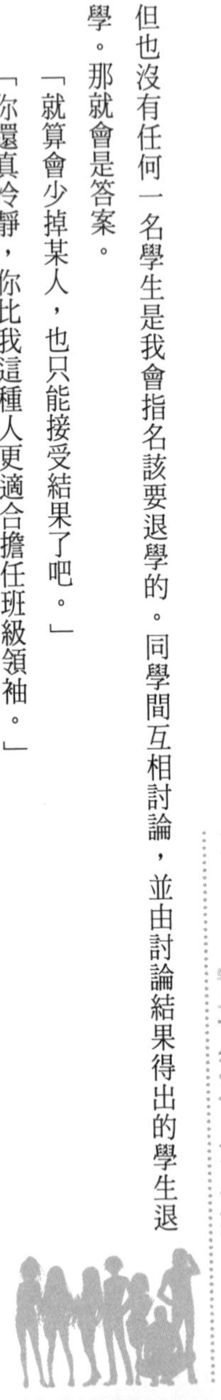

但也沒有任何一名學生是我會指名該要退學的。同學間互相討論，並由討論結果得出的學生退學。那就會是答案。

「就算會少掉某人，也只能接受結果了吧。」

「你還真冷靜，你比我這種人更適合擔任班級領袖。」

平田到目前都率先引領著班級，但他說出口的話卻懦弱到不行。

他提不出任何具體的辦法。

「我接下來該怎麼做才好？我該怎麼面對這場考試？」

雖然給他建議會有失分寸，但我平時也經常受到平田幫助。

我是很想做點什麼，幫上他的忙……

「我不希望你把我說的話照單全收，但我會說出我的想法。」

「嗯。」

「這些話是以排除『拯救所有人』這種天真想法為前提。你現在一直在『捨棄誰』的方向煩惱，然後無法得出答案，對吧？」

平田很苦惱，但最後還是點頭同意。

「既然這樣，要不要試著在那個方向上反過來思考一次？不從『捨棄誰』，而是從『留下誰』來思考。」

「留下誰嗎……?當然是所有人——」

「將所有人排出優先順序。包含自己在內,把所有人從上依序往下排列。當然,或許也會有排名幾乎並列,讓你無法選擇的學生。即使如此,你也應該試著排一次順序。就算那單純是自己喜歡的學生,或是為班級貢獻過的學生都可以。」

像那樣製作排名,最後就會產生最後一名的學生。

「這是……可是……」

沒錯,這很簡單。

但平田沒做出那種簡單的行為。他在心裡加上了制約。認為替學生排名是愚蠢的行為。

「就算排了名,我的想法跟同學的想法也不一定一致。」

他像這樣找藉口,不斷逃避。

他將毫無防備地迎接等著我們的特別考試當天。

「沒關係,我認為應該先從在自己心裡得出結論開始。」

這就是我現在可以給平田的唯一建議。

以此為前提,平田會做出什麼判斷,就是他自己要決定的。

我感激地收下他為我沖泡的咖啡。

這跟我買的牌子好像不一樣，總覺得酸味有點強烈。

「是啊，嗯。或許就是吧。我現在滿腦子都是想要逃避的想法。」

平田接受了建議，拚命地試圖理解。

應該無法馬上就很順利吧。他說不定會消化不良而覺得想吐。

不過，他還是用力忍在喉嚨，打算催促自己消化。

「呼……嗯。謝謝你。」

平田擠出話答謝。

這次的商量，總之也告一個段落了吧。

「我可以問一件有點不解風情的事情嗎？」

我決定突然改變考試話題，問問我感興趣的事情。

「嗯？什麼事呢？」

「你跟輕井澤分手後，有被誰表白嗎？」

「這疑問真教人意外呢。想不到會被你問這種問題。」

平田露出有點驚訝且傷腦筋的表情。

我會對平田的女友候選人感興趣，是因為想到了同學小美。大概是因為她在期末考前找我商量，說她喜歡平田的關係，所以我很好奇事情變得怎麼樣。她已經採取行動了嗎？

「雖然我要隱瞞是誰的這部分……嗯，算有人跟我告白過了吧。」

總之，意思就是他已經開始會被女生告白了。

對方是不是小美呢？——我實在無法深究到那種程度。

但受歡迎的男人還真厲害耶。什麼都不用做，女生就會主動送上門。不對，這也只是平時的行為造成的影響嗎？他絕對不會鬆懈於平日的那些努力。

「你會跟那個女生交往嗎？」

「怎麼可能，我現在不打算跟任何人交往。」

他斬釘截鐵地斷言。

「是因為有喜歡的對象嗎？」

如果不打算接受真命天女以外的對象，這樣就能理解了。

「我覺得對現在的我來說，就連跟某人交往都是奢求。我沒有那種資格喔。」

「你都這樣的話，那對我這種人來講，簡直就是遙不可及的夢。」

說來，談戀愛根本就不需要什麼資格。

「我不是那麼優秀的人。」

越優秀的人，就越是謙虛。

越不優秀的人，就越是傲慢。

結果，後來我跟平田沒有特別深究，就結束了話題。

7

「抱歉啊，一之瀨。這種時間把妳叫出來。」

我在超過半夜十一點時，把一之瀨邀來自己的房間。

通常就算被提防拒絕也不足為奇，但一之瀨沒有表現出任何抗拒。

「完全沒關係喲。不過你會找我，還真是難得耶。」

「我無論如何都有話想先跟妳說呢。總之可以的話，妳就坐在床上吧。地板大概很冷。」

「謝謝。」一之瀨這樣答完，就在我床上坐下。

「總覺得，心臟好像有點怦怦跳……」

「咦？」

「啊，沒有，沒什麼事。但你為什麼不在電話上說呢？」

為什麼嗎？我邊用水壺煮水，邊拿著白色的杯子。

「因為很多事情從電話上無法了解。我這次想確認的就跟這部分有關聯。」

「這樣啊。」

「我不打算拐彎抹角地問。這次考試妳打算怎麼做？」

「這就像是在延續今天早上的話題呢。我算是正在思考不出現退學者就闖過考試的辦法……大概吧。」

「那妳具體上想到了什麼？」

我回過頭，邊觀察她的模樣，邊試著詢問。

當然，這些內容就像是客套話。

我們彼此都知道，除了使用兩千萬點就別無他法。

「嗯——很遺憾，我還沒想到……也快沒時間了，所以我很焦急呢。」

從她的說話或態度，沒辦法看出她瞞著的事情的本質。我在船上考試時也曾經對一之瀨讓人意外的撲克臉感到佩服，這還真厲害啊。

「我在想，妳應該會向南雲學生會長請求協助。」

「協助是指？」

一之瀨面對要是沒心理準備就可能會慌張的發言，也以平常的樣子回覆。

但再接下我下一句話，那種態度也會不得不瓦解了吧。

水壺煮沸了。我泡熱可可給一之瀨。

「謝謝。」

「這次的加考跟目前為止的都不一樣，不強制弄出退學者就不會通過。可是，唯一例外的辦法就是存到兩千萬點。就算是B班也達不到兩千萬點。這麼一來，第三者的幫忙就會是不可或缺的。」

一之瀨看著熱可可，輕輕吹了一口氣。

「是嗎？原來朝比奈學姊也知道這次的事情啊，但我沒想到她會把那件事告訴你。」

她似乎是認為無法徹底隱瞞，於是便推理我是從何得知。

「也就是說，你也聽說了他拿出不足額度的條件？」

我輕輕點頭，一之瀨便露出苦笑。

「聽起來很蠢吧？在各種意義上。」

以交往為條件借人點數。

而她在認真考慮那些條件。

所謂的各種意義，就是在指這些吧。

「我算是有被南雲學長禁止把交易的事說出去。他說要是洩漏給外人，那這次就不算數。如果是朝比奈學姊洩漏的，那就沒問題吧。」

「妳可以不用擔心這部分。」

「可是，那件事應該與你無關，對吧……？」

「是啊。」

這是B班的判斷，是一之瀨要決定的事。

「不夠的點數有多少？」

「大概四百多萬吧。」

交往就可以填補四百萬點，不出現退學者就解決問題。

「還真是破格的條件。」

「嗯。我這種人跟南雲學長交往就可以借到點數，是件很不可能的事呢。正常來說，我覺得我是就算付他點數也得拜託他的立場呢。」

聽著我跟一之瀨之間的對話，就可以看出她是怎麼想的。她絕對不會讓B班出現退學者。若是為了那樣，她也已經漸漸做好了犧牲自己的覺悟。

「我們B班要所有人得救的方法，大概就只有這個了。」

「是嗎……」

我在這裡說什麼，都不可能成為一之瀨的助力。

只有實質上的個人點數才能幫到現在的一之瀨。

高達四百萬的點數，也不是我竭盡全力就可以準備的吧。

「你算是……在替我擔心嗎？」

「雖然妳可能會覺得我是個不自量力的傢伙。」

「才不會，我非常開心。」

一之瀨這麼回答，但表情有點陰鬱。

「不過，我或許會有點傷腦筋……因為要是沒跟你聊過，我說不定可以更果斷地做出決定。」

一之瀨慢慢把漸漸涼掉的可可送入口中。

「……你覺得怎麼樣？」

「這次的交易嗎？」

「嗯。從你的眼裡看來，我打算做的事情，看起來怎麼樣？」

一之瀨看著我的眼睛。

我正面接受並且回答：

「為了不讓班上有人退學，妳有只有妳才能使用的手段。妳擁有一路存下個人點數的戰略，還有因為加入學生會而與南雲學生會長之間的橋梁。利用這些條件讓點數達到兩千萬點的做法，就是其中一項正確答案。」

「你不會看不起我呢。」

「根本沒必要看不起妳。不過，值不值得為了拯救同學付出兩千萬點，老實說我無法判斷。」

「……是嗎？」

一之瀨再次慢慢把可可送到嘴邊。

「欸，綾小路同學。」

一之瀨一直盯著我的雙眼。

「嗯？」

「綾小路同學……難不成是個很厲害的人？」

被她說是厲害的人，我也不知該怎麼反應。

我只是照樣說出了從朝比奈那裡聽來的話。

「妳怎麼會覺得我是厲害的人？抱歉，我完全沒自覺耶。」

「若是這樣，就更厲害了呢。誰教你……」

她說到一半就不說了。

「怎麼了？」

「沒有，沒事。」

她簡直就像自己也不知道自己想說什麼。

彷彿嘴巴比思緒先動作。

「……我到底要說什麼呢……」

一之瀨自問自答地小聲嘟噥。

幸好有把她強行叫出來詢問。

一之瀨不管碰到什麼事，都會為了保護B班而行動。

我再次理解到了這點。

一之瀨煩惱到最後應該就會做出決定。

並選擇和南雲雅交往的選項。

兄與妹

現在是追加考試公布後的第三天早上。

後天星期六就要舉行投票了。

在這短暫無比的期間內，就必須讓一名夥伴退學。

我打開房門，感受到冷空氣侵襲全身。

出來走廊，下去一樓大廳，發現須藤從樓梯那邊走了出來。

「你會走樓梯啊。」

「算是吧，想說可以稍微當作肌肉訓練。」

社團活動外加念書。須藤現在可能正過著最像是學生的生活呢。

我們就這樣兩人並肩走去上學。

「我很笨，又性急，但現在過得超充實的，所以我絕對不想被退學。」

與其說他是說給我聽，感覺有一半就像是在自言自語。

「如果是為了自己留在這間學校，就算被誰怨恨也沒關係。你覺得這樣有錯嗎？」

「沒有，應該是正確的吧。強烈希望自己留下來的傢伙，最後才會在這場考試上獲勝。」

「也是啊。」

來上學的我一進教室就感受到了異樣感。

須藤完全沒察覺到，就走去自己的座位。

氣氛的變化。

就算把我說得再糟糕，我也不算是很遲鈍。

我在踏入C班的時間點，就感受到跟昨天有某些不一樣。

眼前是一片理所當然的光景。

日常延展在眼前。

沒錯，理所當然般地跟朋友閒聊、談笑的模樣延展在我眼前。

這就是「異樣感」的真面目。

同學們直到昨天為止明明都那麼警戒、牽制彼此。

然而，今天卻產生了怪異的統合感。

「早安，綾小路同學。」

來這樣搭話的人是平田。

「早安。」

我簡短回話，觀察平田的模樣。

「嗯？怎麼了嗎？」

他什麼也沒發現嗎？或者，他是假裝沒發現？

平田掛著一如往常的表情看著我的眼睛。

「不，沒什麼。」

「是嗎？今天也請多指教啊。」

平田打完招呼，就往呼喚他的女生們身邊走去。

不過，我感受到的異樣感隨著學生增加與時間經過，便逐漸淡去。

我從那裡得出了結論。

暗示著目前存在著挑戰這場考試的大組——應該可以看成這樣。

不是在為了保護誰，而是在為了踢掉誰的部分開始一致。

在教室裡的學生只有十一名。假如除去平田是十名，那這十個人全部串通把批評票投給某人，光是這樣，那名目標人物就會處在危險領域裡。

成員是以池、山內為首的男生們。

還有跟池那些人也有點交流的女生們。

在場的人物都有作為大組勾結的可能性。

但奇妙的是，其中也有以惠為中心的組員。

惠還沒過來提出那種報告。

「早安。」

過了不久，堀北也來學校了。

堀北態度一如平常，但她看了四周一眼——

「……發生了什麼事？」

「妳也感覺到了嗎？」

「嗯。有點讓人討厭的感覺呢。你好奇的話，要不要去問問他們本人？」

「不用了。所謂別惹事生非呢。」

至少這不是應該貿然確認的事。

『是不是有什麼不一樣的地方？』

我對很早就來學校的啟誠傳出這樣的訊息。

『不知道。不過，總覺得跟昨天很不一樣。』

啟誠似乎沒有了解到差異為何，但也聞出了那種味道。

『說不定形成了大組。同學們都出奇沉穩。』

這訊息是為了讓他察覺差異才寄出的。

收到這封訊息的啟誠看了周圍，然後又看了看我。

『確實如此。陰暗的氛圍明顯改變了。虧你注意得到。』

『朋友少的話，就會對周圍的變化很敏感。』

『假如形成十人以上的小組，他們就有可能在討論要踢下誰，對吧？』

『被盯上的學生會有相當大的危機。』

『是誰組成的小組呢……我們沒問題嗎？』

啟誠不安的心情透過訊息傳達了過來。

小組越是增加人數，為了湊人數，沒那麼親近的學生當然也會加入小組。要統率那些人不是件容易的事情。

因為教室裡的人數逐漸增加，我暫時停止傳訊息。

後續在午休或放學後再聊就可以了。

1

午休。我在綾小路組裡閒聊。

說是閒聊，但大部分都跟追加考試有關。

第一個話題，當然就是早上的氣氛變化。

話題從啟誠說自己較早到校，而且有大組形成的跡象開始。

「……原來如此呢，今天的氣氛確實可能比昨天感覺更開朗。」

「但是，還只是……在猜測的階段吧？」

「是啊，也沒有大組形成的證據，也不一定真的有鎖定了某個人。」

完全是他從今早的情況這麼感受而已。

「總之，我們要跟誰刺探看看嗎？」

「不知道耶。要是選錯人，我們在調查的事情，應該也會傳到他們小組的領袖。要是變成那樣的話，目標人選恐怕也會轉而指向這組的某人。」

「只有這件事，是我想避免的。」啟誠說。

「畢竟沒受邀，就有沒受邀的理由吧。」

雖然這是極端，但假如有大組的話，就算叫目標以外的人加入也沒關係。

三十九人包圍一人，並逼到絕路才是理想的發展。

但實際上不太會變成那樣。

「例如說，我們之中有跟那個目標人物關係不錯的學生……之類的？」

波瑠加靜靜環顧小組進行推理。

「……或者……這當中有人被當成了目標人物。」

「別、別這樣啦，小波瑠加……」

愛里很害怕，但這未必是開玩笑就會解決的事。

「組成小組的動作，大概從第一天開始就有了。然後，應該是因為可以信任的夥伴逐漸增加，所以那些跡象才會在今天第三天就暴露出來了吧。」

啟誠那種推理也是正確的吧。以只花一天就增加夥伴來說，人數算很多。可以視為他們在加考公布的那天就行動了。

「如果他們還打算聚集夥伴，今天之內可能就會接觸我們之中的某個人。」

「假如是要把我們之中的誰當作目標呢？如果他們來威脅不合作就要讓人退學的話……那該怎麼辦？」

明人若無其事地對我們拋出重大的課題。

「當然是要以這個小組為優先啊。」

「例如說，即使結果是波瑠加妳被盯上也一樣嗎？」

「這……可是，我不覺得我會不惜背叛夥伴也希望自己留在學校。要是他們來談這種事，我一定會去表示不滿。」

波瑠加有點害怕，但還是這樣回答了明人。

「我也一樣，我絕對不會背叛喲！」

愛里好像很不安，但還是用力地點頭。

「你呢，啟誠？」

沉默的啟誠遲了點，也說出自己坦率的想法。

「……基本上我也贊成波瑠加和愛里的意見。可是，實際上不會那麼天真。假如真的被盯上的話，在這場考試大概就沒辦法避免退學。說因為保護夥伴而被退學是很好聽……但一定會是件很難受的事情。」

「這……小清，你怎麼想？」

所有人的視線集中而來。

也為了讓想法統一，我在這邊應該先進行一定的誘導吧。

「我反對波瑠加那種去表達不滿的做法。」

「你這意思是，叫我們背叛夥伴加入大組嗎？」

「不是，幫忙對方的小組把我們的夥伴踢下當然免談。不過，表面上最好還是假裝服從。不謹慎地怒斥對方，表示不合作的行為並不是上策。」

我必須讓他們避免感情用事。

「假裝協助對方，觀察現在有多少人打算投下批評票，以及他們接下來打算邀請誰——我們有必要引出這部分的資訊。不是嗎？」

「……確實。」

剛才熱血起來的波瑠加恢復了冷靜。

要是順勢回絕對方，我們能獲得的資訊就會到此為止。

那個時間點，也會變得連對方盯上了誰都不知道。

「既然是匿名，就算假裝是夥伴，他們也不會知道當天誰把批評票投給誰。」

總之，實際上如何是可以蒙混過去的。

「也就是說，那樣才會對夥伴好呢。」

我點頭。

「再說，從第一天悄悄擴展小組，第三天就擁有了相當的人數，統籌小組的主謀可能相當聰明。對方謹慎且大膽行事，還沒讓人鎖定誰是要被退學的人物。畢竟平田和堀北都沒發現大組的存在呢。」

堀北有稍微察覺，平田則似乎完全沒發現。

把就算走漏也不足為奇的情報封鎖在危險邊緣。

「沒有納入平田，應該是因為那傢伙對誰都會保持中立吧。假如貿然請求協助遭到反對的話，他可能就會打算讓大組解散。」

「總之，代表對方是可以想到那種事的人對吧。」

「你好厲害喔，清隆同學。連那種事都知道！」

愛里拍著手，就像在高興自己的事情一樣。

「的確啊。發現今早異常變化的也不是我，是清隆。」

「我說了吧？自己一個人久了，不知不覺連多餘的東西都看得出來。再說大組的存在並沒有公開，目前還在假說的階段。」

我們完全沒有大組是否真實存在的證據，就這樣進行著話題。

「有所警戒是最好的呢。」

「可是，我們都在聊讓人煩躁的話題。就沒有比較開朗的話題嗎？」

明人滑著手機，摻雜嘆息地這樣說著。

所有人都左右搖頭。

「感覺不管哪裡都不是時候聊那些話題。不久同學就會少了誰的事實被擺在眼前，原本可以享受的事情都不能享受了呢。」

就算夥伴之間串通，那些不安還是會一直隱隱悶著。

「這麼一想，我……就還是會很不安……」

「愛里，妳又在說那種話。絕對沒問題啦。」

波瑠加為了不讓愛里不安，一面溫柔地拍拍她的頭，一面這樣說。

「可是……」

「硬要說的話，被女生討厭的我才比較難講呢。」

「可能吧。」

明人表示贊同並點頭，就被波瑠加狠狠地怒瞪。

「幹嘛啊？是妳自己說的吧。」

「你不覺得有些事自己說沒關係，但被別人講就會覺得很討厭嗎？」

「……確實。」

明人在不由分說的正論前屈服。

看見這種樣子，愛里好像越來越失去信心了。

「小波瑠加既可愛又幽默，腦筋又很好……」

「不對不對……至少妳不能說第一項吧。」

「乖乖。」雖然很傻眼，但她還是這樣安慰愛里。

「女生不用這麼擔心吧？男生裡有太多顯眼的傢伙了。」

啟誠似乎打算安慰人，於是也這樣圓場。

「唉——不妙的是男生呢，如今就算裝認真也沒意義。」
「確實比起女生——欸，那個是平田同學，對吧？」
波瑠加有點疑惑地說道。大家都沿著她的視線前方看過去。
那裡確實有平田獨自消極走著路的身影。
他是個總是挺著腰桿、面帶笑容的男人。
但是就算說客套話，現在那張表情上也感受不到開朗的感覺。
「是因為他還是很在意這次考試嗎？」
「好像是呢。簡直判若兩人。」
兩人擔心地目送平田。
「明明自己就沒有被退學的擔憂。他背負太多責任了。」
「這次會有人被退學，明明就是無可避免的呢。」
他們以有點同情的眼光看著平田。
這時有封信件寄給了聽著這些話的我。
看來不是我可以無視的對象。
「抱歉，有人找我。」
「誰找你啊？」

感興趣的波瑠加一副覺得很有意思地看過來。
愛里也掛著不安的眼神看過來。
「是堀北。可能是有關這次考試的事。」
「啊——這樣啊。」
波瑠加一副領悟到什麼似的失去了興趣。
她可能是想起了堀北前幾天對龍園的糾纏。
我受大家目送，並離開了咖啡廳。

2

我被叫來的地點是與午休時間很不相稱的上學路。
這裡是途中的休息處。
若是春天或秋天倒還好，但這季節誰都不會喜歡來到外面。
「把你叫出來，真不好意思。」
「沒差。讓你在冷天氣下等人，我才不好意思。」

「沒關係。」

我碰面的對象是堀北。

但不是妹妹鈴音，而是哥哥學。

「……你好。」

橘微微地低下頭。

就算沒有任職學生會，橘還是一直跟隨在堀北身邊。

如今也不必多說，這會讓人感受到上下關係以外的情感。

以前橘對我的態度會再苛刻一點，今天卻有點客氣。

這是因為她對於落入南雲的陷阱、受過退學處分的事情難以忘懷嗎？

「追加的特別考試好像已經開始了呢。」

「消息真靈通啊。不過，那也馬上就會結束了。」

「已經有好幾個一年級找三年級商量了。不過，應該沒有可以具體幫上忙的三年級吧。」

「這果然是因為也沒有學長姊會借出人個人點數嗎？」

「應該很難吧？雖然有些特別考試會比照往年舉行，但學校基本上會一次編排三年以上的考試內容。這是為了不讓考試情報從在校生口中洩漏出去。」

就跟我想像的一樣，算是理所當然的發展吧。

「這次學校替我們三年級出的特別考試，個人點數的多寡應該就會是分出勝負的關鍵。我們沒有點數可以留給學弟妹。」

原來如此，所以橘的臉色才會那麼不好嗎？

她因為自己的失誤，讓班上籌出了兩千萬點的金額。

如果那是特別考試所需的軍費，就特別糟糕了吧。

「對不起，要是我再振作一點……」

橘因為自責而向堀北哥哥低頭。

「別做不必要的事。」

「啊，是、是的……」

她應該道歉過好幾次了吧，因此被堀北哥哥責備。

「你妹有找你嗎？」

「鈴音不會來找我。」

「這次的特別考試是前所未有的情況，需要一個可以給堀北建議的人。」

事實上她就正在著急，在那情況下甚至接觸了龍園。

雖然結果是遭到對方反擊。

「那你扛下那些職責就行了。」

「這是無法達成的商量呢，我跟堀北的個性不同。」

「你是說我就跟鈴音一樣？」

「至少比我像。」

「…………」

短暫的沉默。

「現在那傢伙應該被迫在今後的戰鬥方式上做出選擇。只有你才可以引導她。」

「就算是這樣，要抉擇的也是她自己。」

確實如此。這不是堀北哥哥應該促成的。

這原本就是堀北鈴音要判斷並決定的事情。

「所以，你把我叫出來有什麼事？」

在這寒冷天氣下長時間深談，對所有人來說都不是件理想的事情。

如果妹妹的話題不合他的胃口，那就讓我進入正題吧。

「這和南雲有關。我想先問問他在你那邊有沒有什麼奇怪的動作。」

「這好像不是需要特地見面談的話題耶。」

「是我拜託他的。」

我以意想不到的形式得知了安排這場面的理由。

「因為我想知道你被認可的理由。」

橘的眼神透出了不甘心。

不管契機是什麼，堀北哥哥會接受這件事，可能是因為他預計這會連結到橘的成長。

「我有被認可嗎？我大概只有對堀北哥哥做出失禮的事喔。」

「我知道。」

她答得這麼快速且明確，稍微刺痛了我的心。

「可是……我決定要試著稍微開闊視野。你擁有我看不見、足以被認可的能力。」

「妳再次見到綾小路的感想是什麼？」

「老實說，我完全搞不懂。」

「我想也是。」

這段對話是怎樣。

似乎是因為氣氛輕鬆且奇怪，堀北哥哥也輕輕地笑了出來。

「很遺憾，要知道綾小路的真正價值，應該要在我們畢業之後了吧。」

「不，你們畢業後我也不會改變。」

「我也這樣覺得。」

不過，他居然會因為這樣而特地在這麼冷的天氣裡把我叫出來。

唉，這也表示橘心裡的傷就是有那麼深吧。

「南雲對你很執著呢。他應該也沒打算搭理我吧？你就乾脆正面奉陪他一次。」

雖然這也無須要求快要可以在A班畢業的男人。

但南雲不論如何一定都會發動攻勢吧。

不對，說不定已經在行動了。

「……南雲同學最近在跟三年B班祕密聯絡。我覺得他們會跟合宿時一樣全面支持南雲。」

為了戰勝堀北哥哥，南雲說不定正在高舉著把他打下B班的目標。

「可怕的話題真是永無止盡，真想平穩地過日子。」

「為了一年級今後能平穩地過日子，不能就這樣放著南雲的問題不管。」

堀北哥哥很確定明年會發生嚴重的事態。

南雲該打倒的人物堀北哥哥不在的話，他就會肆意妄為地開始大鬧。

他是在說，要是到時候沒有使出對策，大家就會嚐到苦頭。

「我認為自己有盡己所能。」

總之，我先這麼回答了。

3

當晚，我沖完澡出來，發現手機有好幾通惠打來的電話。

她每隔一分鐘就打來，看得出來是件急事。

我隨便弄乾了頭髮，打算回電於是拿起了手機，不過因為惠自己馬上又打了過來，所以我就直接接起。

「喂？」

『啊，終於接通了……！』

「妳好像很著急呢。」

『當然著急啊……發生很不得了的事情了，清隆。』

「很不得了的事情？」

『雖然我不知道是什麼人在主導……但你好像要被大家退學了。』

「是喔。」

『什、什麼是喔，你原本就知道嗎？』

「沒有，我是第一次聽說。我只有隱約知道會有某個人被當作攻擊目標。」

我真的是現在才知道那個人是我。

『你怎麼這麼冷靜？』

「妳知道有多少人打算投給我嗎？」

『不知道耶……但就我感受到的，班上大約半數都已經贊成了。大家好像都被威脅要是把這件事告訴你，下次就會換成告密者成為攻擊目標。』

既然要陷害某人，當然就會做出一兩個那樣的威脅吧。

這樣啊，已經控制超過一半了嗎？

就算收到綾小路組的讚美票，並且讓惠投我一票，也只是在臨時抱佛腳。

「這樣好嗎？這樣妳會被陷害喔。」

前提當然是我得四處宣揚是從惠那裡得知此事。

雖然不知對方是誰，但對方周旋得很巧妙。把特定人物選為目標並逼人退學的戰略本身很簡單，但選票還是沒辦法輕易聚集起來。因為說出要讓特定人士退學的人，基本上都會被當作是「邪惡」的。如果被正義感強烈的學生，或是與被指名學生親近的人聽見這件事，也會有大家反過來把主謀逼到退學的可能性。就算會對於裁決夥伴感到抗拒，對於裁決邪惡的抗拒感也會比較微弱。就是因為這樣，就連波瑠加跟明人那種比較尖酸的學生們，也沒有率先要我們來排除某人。我們頂多只在小組討論中提出人選，並所有人步調一致地投票。

把我當作目標的主謀，不害怕自己有成為退學對象的風險。

『你要想點辦法喔。與其這麼說，你應該有什麼辦法吧？』

「不知道耶。假如與半數同學為敵，就是很棘手的發展。」

就算我聚集合計十張左右的讚美票，也未必會脫離危機。

互相勾結的小組當然會把讚美票投給他們自己的夥伴。

我會揹上充分的退學風險。

「謝謝妳通知我。」

『不用謝啦……但說真的，你該怎麼辦啊？』

「該怎麼辦嗎？我接下來會思考。」

『你看起來很完美，卻還是少根筋呢，要是沒有我在，你可能什麼都沒察覺就輕易被退學了呢。』

「妳就是為了這種時候而存在的。」

『啊，原來如此……』

就是因為確保了能掌握我無法得到的情報的人才，我才能像這樣知道自己的退學危機。

「我會再聯絡妳。」

『嗯，我知道了。』

我結束跟惠的通話。

原本也想稍微聊聊下星期三月八日的事情，但現在就算了吧。

我有必要先調查為什麼我會變成目標。

「那麼──」

我握緊手機，慢慢動起腦筋。

聯絡誰的這部分，也會大幅左右我的未來呢。

我必須把盯上我的主謀，以及對方的手下排除在外。

話雖如此，就算跟派不上用場的人商量，狀況也不會好轉。

「……這麼一來……」

我沒有事前聯絡，就直接從通訊錄撥出一通電話。

先做完該做的事情吧。

不久過後，電話就接通了。

『怎麼了？』

堀北學以一如往常的語氣接起電話。

「關於這次的追加考試，我有事情要告訴你。內容還滿正經的。」

『等我一下。』

我聽見流水聲，等了十秒左右。

『我剛才在洗東西。因為這似乎不是可以用擴音聽的話題。』

「抱歉啊。」

『看來好像有什麼不妙的動作了呢。』

我白天有和堀北的哥哥見面。

他是從我沒在那時提出的這點發現的吧。

「我們班上有動作了。他們創了大組人馬，打算弄出特定的退學者。」

『從考試內容來看，形成大組是必然的。所以說，是誰被盯上？』

堀北哥哥恐怕是想起了妹妹的臉吧。

「是我。」

『這玩笑可不好笑呢。』

「我沒有在開玩笑，現在大約有一半的同學都同意對我投下批評票。」

『哦？』

「這是個大危機，所以我才想找你商量。」

『你的意思是說，即使是你，也對這場考試束手無策？』

「簡單來說沒錯。」

正確來講，所以我才會像這樣打算使出辦法。

『你希望我做什麼？我想我沒辦法幫上考試的忙。』

「嗯，我希望你做的只有一件事。」

我向堀北哥哥提出某種商量。

根據他接不接受，我接下來的應對也會有所變化。

『……原來如此，是這麼回事啊。』

「對你來說，應該也不是壞事。你只要把這次的事當作理由就可以了。」

『如果不這樣的話，這確實就是我無法接受的商量。』

「你不需要發揮前學生會長的權力，而且我也不是要你直接幫我。」

如果是堀北哥哥這種水準的學生，我就算不說出目的，他也會理解。

『不管你被班上的誰盯上，你原本都打算採取「那種方式」戰鬥呢。』

「嗯，不管怎樣，我原本都打算聯絡你。雖然我也可以在白天就告訴你……」

『那是因為橘也在場，對吧？』

我當然很清楚她不是那種會洩密的學生，但這也是為了以防萬一。

『什麼大危機啊？你根本就沒有陷入什麼危機。』

「這也得取決於明天。要是沒有你的協助，我就不得不強行採取動作。你也很清楚我站在檯面上不是上策吧？」

『……我知道了。那我明天行動吧。』

「真是幫了大忙。要是查到了主謀，我會聯絡你。」

我結束和堀北哥哥的通話，把手機插上充電線。

「先完成了第一步。」

我原本就打算在這場考試上執行某項戰略。

那是排除不必要學生的必要行為。

不過，如果是我自己被當成目標，我就有必要先提高那項戰略的「精準度」了吧。我決定接下來打給櫛田。

『晚安，綾小路同學。我就覺得今天可能會接到你的電話。』

「既然這樣，我可以當作妳有掌握到狀況吧？」

『嗯，你現在似乎有危機呢。』

櫛田果然已經聽說了我是退學人選的情報。

『你不會說因為我們有合作關係，所以就希望我告訴你吧？要是我把這件事情洩漏出去，下次就會輪到我變成目標呢……』

這當然不是真正的理由吧。

『這件事情，你是從誰那裡聽說的呢？』

櫛田感興趣的在於我是從誰那裡獲得可能被退學的情報。

「是匿名人士。」

『哦——那告訴我一件事。那名匿名人士是怎麼說的啊？』

是怎麼說的嗎？

我保持沉默，沒有回答這個問題。

『畢竟你很聰明呢，你認為這不能隨便說出來吧？』

「我沒有揣測出妳的意圖。妳想知道的是什麼？」

『例如說，像是對方說誰是主謀、集中了大概多少票。』

換句話說，那裡有著櫛田想知道的情報嗎？假設她告訴惠可能集中一半的票，卻告訴其他學生可能集中三分之一，光是這樣她就可以鎖定對象了。

『我們都在揣測對方的想法呢。』

「難道櫛田妳就是主謀？」

『我不會做那種事喲。我在班上可是完全中立、和平的象徵耶。』

就算不是主謀，她似乎也處在很接近的位置。我接著說下去：

「是啊，如果妳是主謀，就算妳把堀北當作目標也不奇怪。」

『啊哈哈，對啊。即使知道找我商量是個風險也要來聯絡，就表示你一定正在傷腦筋吧……

但你希望我怎麼做呢？』

「我想知道主謀是誰。」

『就算你如今知道了也無能為力？』

櫛田總會視情況做出臨機應變的應對。把她拉來我這邊並不困難。

「告訴我吧。」

『你還真坦率呢。可是我不能背叛朋友……開玩笑的啦。』

櫛田在電話的另一頭如小惡魔般地輕笑。

『不對，正確來說，或許說是就算想告訴你也不能告訴你才正確。』

「怎麼說？」

『這是個令人遺憾的通知，但因為知道主謀真面目的只有我呢。』

「……原來是這樣啊。」

『真不愧是綾小路同學，你好像懂了呢。』

決定班上要我退學的主謀，把櫛田選為第一個商量對象。

利用櫛田，讓她挑選跟我不親近的人物並且擴大規模。

如果是深受同學信賴的櫛田的請求，那些人也很難拒絕吧。

『如果是你的話，早晚都可以發現誰是主謀吧？所以我現在不告訴你也一樣呢。』

「不，如果不能從妳那邊問出來，我大概會很辛苦。那也是對方想先隱瞞的部分吧？就是因為這樣，那個人才會把一切都託付給妳吧？」

『真坦率啊。』

「因為是妳的話，妳大概已經看透了我的想法。」

我打算從櫛田那裡問出主謀的戰略算是猜對人選了。

但同時也不算是中獎。

「妳居然會接受啊，這樣明明就會是在支持弄出退學者。」

『算是吧？雖然這對我來說會是周旋的難處，但就算我拒絕也會被對方認為得不到我的幫助吧？要是被四處宣揚找我商量，結果我卻沒幫對方，那我也會很傷腦筋。』

那確實是十分可以想像的情況。

『我也是經過苦澀的決斷後，才決定行動的。雖然我不希望你退學，但也無法辜負來拜託希望我幫忙的學生的信賴——就是這種情形了呢。後來，我也做了有點像是被人抓住弱點的演出，結果，背叛就會被當作攻擊目標的事情好像就傳了開來。』

如果是櫛田，即使如此還是可以貫徹中立吧。

但她刻意採取合作形式，這讓我很在意。

其中一個理由，恐怕也是要保護自己吧。要是貿然拒絕，也可能沒辦法加入那個主謀創下的

小組。或者，她也有考慮到了反過來遭到怨恨，並嚐到反擊的可能性。既然這樣，就算要冒著一些危險，她還是會透過成為核心，轉為控制小組的那方。這樣這種情節就會成立。

櫛田這個人的自尊心極強，而且喜歡受人崇拜、吹捧，以及支配他人。是那種對於會對自己恭謙的人感到愉悅的類型。

『你了解我身處的情況嗎？我想幫也幫不了你。』

如果主謀的身分公開，這也會連結到櫛田的失態。

對方把櫛田利用得很巧妙呢。

「既然這樣，那我不可能硬是問出來了呢。抱歉啊，半夜打給妳。」

『哦——你放棄得很乾脆呢。』

「我也不能讓妳傷腦筋。而且這次的事情似乎不可能拜託妳幫忙。」

『你認為不依靠我，就可以找到主謀嗎？』

「不知道耶，我沒信心。」

我在這邊要退後一步。退後一步，引誘櫛田上前。

假如她沒有上鉤，那也沒辦法。反正在我的戰略裡，誰是主謀都沒有太大的關係。只是會比較容易進展得輕鬆一點。

『我該怎麼做呢？』

可是，櫛田沒有退步，而是停下腳步。

不對，她主動往前踏了出來。

『畢竟我跟你很要好呢。好啊，我就告訴你。』

如果是這樣，我就要在這邊止步。

「……妳為什麼會改變主意？」

『應該是因為我想看看你會怎麼應對吧？不過，如果結果我會受害的話，我可不會原諒你喔。』

「我認為自己懂得分辨可不可以與誰為敵。」

『那就好。』櫛田這麼說完，總覺得她就輕輕地微笑了。

『是山內同學喲。』

她說出了暫定主謀的名字。

我會刻意說是暫定，是因為我還沒有材料斷定是否確實如此。

「這樣啊，是山內啊。」

『你不驚訝呢。』

「畢竟他是退學人選之一，就算主導行動也不足為奇。」

『……你滿意了嗎？』

櫛田說出試探我的發言。

「聽見主謀的名字後，我有些地方不能理解。妳應該沒有傻到會被山內那種人操控。妳應該有一堆方法可以巧妙地模糊帶過拒絕。特地隱瞞主謀並貫徹仲介角色，還滿危險的吧？」

『那麼，為什麼我沒有拒絕呢？』

「像是因為發現真正的主謀不是山內，而是站在他身後的學生之類的。」

至今為止都一副樂在其中的櫛田稍微降低了音調。

『你連那些事情都知道了啊？』

「之前坂柳有來找過山內呢，難道就是這麼回事嗎？」

她在期末考前拜訪山內，在C班裡也成了話題。

我指出除了我和坂柳的交集之外，櫛田可能會接受的要素。

『那時我還真是嚇了一跳呢。嗯，沒錯喲。總覺得山內同學的背後跟著A班的坂柳同學呢。我想要避免與她為敵。』

「為什麼會知道他背後跟著坂柳呢？是山內這麼說的嗎？」

『沒有，山內同學徹底隱瞞，但你知道我的情報網有多麼廣吧？是A班的人告訴我的，說坂柳同學打算操控山內同學對C班做些什麼。』

這發展實在很漂亮。這麼一來，就應該把山內找上櫛田當作是坂柳下達的指示。A班的橋本對我和惠的些微關係有疑問。如果要不讓我知情並建立小組，就算他建議把惠排除在外也不足為奇。

不過既然如此，直到最後都不該把惠加入小組。這麼做的話，我大概再晚一點都不會發現自己被盯上吧。

『你被坂柳同學盯上是碰巧嗎？還是故意的？』

「誰知道？我認為自己和坂柳沒有那麼多交集，她可能是讓山內瞄準沒存在感的學生。」

『這樣啊。也是，你的狀況，除去堀北同學、須藤同學、佐藤同學，還有幸村同學他們那些成員，應該就沒有人不惜冒險也要告訴你了吧。』

然而，如果主謀是坂柳，事情就不一樣了。

坂柳為何特地來叫我暫緩這次的考試呢？

她不惜毀約也要來反將我一軍、把我打敗嗎？

在這裡對我動手，就代表著她必須做好我不會奉陪下次特別考試的覺悟。因為讓山內對我集中批評票，無疑會打破約定。總之，如果要牽強地說，那種形式就會是我們的約定本身是個謊言。

假裝把勝負留到下次，其實卻設下陷阱。

不對……就我來看，坂柳不是會這樣就接受的那類人。

既然這樣，我該如何理解這次的騷動呢？

「妳真是幫了大忙，櫛田。」

『你要好好周旋，別被退學嘍。』

我結束通話，把手機丟到床上。

「不管她在打什麼歪主意，我要做的事情都一樣。」

既然知道主謀的存在，接下來就只要把這件事告訴堀北的哥哥，並請他巧妙安排。

善與惡

我早上一進教室，同學們的視線就同時聚集過來。

不過馬上就散去了。

接著不知從何處又有視線看過來。開始這種循環。

我會被退學。

他們已經展開那些行動的事實。

我昨天感受到的異樣感，其真面目就是這個。

我在明人跟啟誠等綾小路組的成員身上看不見奇怪的動作。

他們四人的演技應該沒有傑出到不被我發現吧。

既然對方已經創下小組，他當然不會讓消息走漏。

我也不能讓他們四人操多餘的心。

因為如果貿然洩漏出去，惠牽涉其中的事情也會變得明朗。

我只能自己應對。

「早安，綾小路同學。」

「嗯，早安。」

堀北一副毫不知情地來上學。

「早。」

看來須藤也跟她待在一起，我幾乎同時和他們打了招呼。

「話先說在前頭，這是巧合。」

「我又沒問。」

須藤好像有點自豪地哼了一聲，便走向自己的座位。

須藤恐怕與這件事情毫無關聯。

雖然他或許希望我退學，但要是他加入了山內的計畫，之後也會大幅影響堀北對他的評價。再說，他的演技也沒有高明到可以裝出一張撲克臉。

「……對了。」

堀北在我們獨處的時間點輕聲搭話。

「幹嘛？」

「你有做了什麼事嗎？」

「妳是不是有漏說單字啊？先說明是什麼事情再問我吧。」

「你有做出跟我有關的什麼事情嗎？」

又是個很抽象的問法。

「我不知道妳想說什麼，但我什麼都沒做。我可沒空理妳。」

「沒空理我？這是什麼意思？」

「這是我的事情，妳別放在心上。」

課堂快要開始了。

從堀北的態度來看，她似乎還沒跟哥哥接觸。

可能下午之後才會開始行動。

1

星期五的中午，考試就近在明天。

我——堀北鈴音想起了昨晚的事情。

當我想著差不多該睡時，有一封郵件寄了過來。

我看見寄件者的名字，心臟都要跳出來了。

是哥哥寄來的信。

那裡只寫了一行字。

『妳沒有留下任何遺憾嗎？』

那就只是一封像在提問的信。

我反覆閱讀那則訊息，然後思考。

思考迷惘的自己能做些什麼。

但是，這可是來了一次千載難逢的機會。

如果錯失這次機會……下次就只有在畢業典禮能聽到哥哥的聲音。

『可以跟你聊一聊嗎？』

我下定決心，寫出這樣的郵件。

接下來明明只要寄出而已，但我的指尖很沉重，沒辦法簡單地按下。

「呼……」

我調整呼吸，將信寄出去。接著只要等待哥哥的聯絡。

他真的會回覆嗎？當我的腦中閃過這種不安時——

哥哥就以電話的形式回覆了我。

倒不如說，這樣我還鬆了口氣。

幸好這是電話。因為可以不讓他看見我開始顫抖的雙手就能解決。

「……是我，鈴音。」

『妳說想要聊一聊，對吧？』

「是的……」

『內容是什麼？』

「……那個，你為什麼會寄給我那樣的郵件……」

『現在那種事情重要嗎？妳想在電話上說的就是那種事？』

「沒、沒有，不是的。」

我感覺到要被掛電話的跡象，因此急忙否定並且留住他。

「如果哥哥可以的話……我可以直接見你嗎？」

『妳說直接？』

「是、是的。」

『在妳入學這間學校，而且沒接受我要妳不讀這裡的提議時，我跟妳的關係就結束了。妳理解這件事吧？』

這是個很嚴厲的現實。像這樣收到他的聯絡，都只能想成是他某種一時興起。

我和哥哥的距離就是那麼遙遠。

其實我有很多話想對哥哥說。

至今的事情，還有今後的事情。

可是……哥哥才不會對我尋求那種事。

「是一件我想當面問你的事情。」

哥哥陷入沉默。我慢慢地繼續說下去：

「就把這次當成最後一次……我不會再和哥哥扯上關係了。」

這是我唯一可以獻上的供品。

『原來如此，好吧。』

——這就是昨晚的對話。

然後，我現在正前往哥哥身邊。

為了避人耳目，我們的碰面地點是應該不會有任何人過來的特別教學大樓。

我抵達目的地，就發現哥哥已經在那個地方了。

2

「久等了……」

從鈴音看來，靜靜站著的學從以前到現在都沒有變。

是她一直不停追趕的終點。

「上次像這樣和妳單獨說話是什麼時候呢？」

「……如果不算剛入學那次，就是睽違三年左右。」

「是啊，大概有那麼久吧。」

學想起國一時的鈴音。

學在自己決定要進入高度育成高中時，就推開了鈴音。

他當時根本沒想過妹妹會抵達跟他一樣的路。

可是，作為現實的問題，現在鈴音就是站在學的眼前。

「妳有話要對我說吧？我就聽聽吧。」

要是她在此說出是為了跟哥哥重修舊好，談話就會到此結束。

學打算說出最低限度的發言，然後毫不猶豫地離開。

換做以前的鈴音，就算她這樣回答也不足為奇。

「是有關追加考試的事情。我想哥哥也知道一年級的事情。」

「嗯，是要強制性弄出一名退學者的考試呢。」

「是的。」

「然後？」

他催促鈴音。

到目前說話都相對流暢的鈴音欲言又止。

「我個人的個人點數在合宿上幾乎都用光了。假如妳是在指望那點，就是在浪費時間。」

「不是的。我沒有打算……請求那種形式的支援。」

鈴音斬斷迷惘似的堅定決心。

「今天我想跟哥哥說的，就是……請你——給我勇氣。」

鈴音這麼說，並接著說下去：

「我想正面接受這場考試。別人為了不被退學，組成小組打算控制票數。可是，我未來有天一定會後悔，所以我——想要正面面對。」

學在眼前接受這番話與她的眼神，並且靜靜地回望她。

同時想起綾小路昨天說的話。

他妹妹打算做的事。

那絕對不是一條輕鬆的路。

可是，她打算親手去做任何人都辦不到的事。

為了做好覺悟，她下定決心來見哥哥。

「妳的時間方便嗎？」

「我在這之後沒有安排……」

「這樣啊。」

被確認這件令她始料未及的事，鈴音有點驚惶失措。

「在具體聽妳說之前，我有點事想問妳。妳覺得這所學校怎麼樣？」

「咦？」

「好玩嗎？」

「啊，呃……是、是的。」

鈴音沒想到會被問這種問題，內心明顯很動搖。

「對、對不起。那個、那個……」

儘管她無法回答，學也沒有做出斥責她的行為。

「好不好玩……老實說，我不知道。不過，我覺得並不無聊。」

「這樣啊。」

鈴音無法理解學提問的意圖。

因為回想起來，她和自己的哥哥普通地對話，已經是好久以前的事情了。

「妳好像克服了一個缺點呢。」

「我的缺點……是嗎？」

「沒錯。妳太專注於自己而看不見周圍。意思就是說，妳正在透過開闊視野，逐漸擺脫無聊的日子。」

「總覺得，還真不像是哥哥呢……」

鈴音所認識的學，是個徹底正經且不會露出笑容的人。

因為她認為哥哥是不會對提昇自己有所鬆懈的人。

不可能認為學校是有趣的東西——她原本是這麼想的。

「妳只把我當作數值來看。因為妳只執著於考試上考到高分。」

「那是——因為哥哥對我來說永遠都是目標。」

鈴音至今說了無數次哥哥就是自己的目標。

學每次聽見那些話，就會露出嚴肅的表情。

「目標啊……」

「……我很清楚，清楚自己絕對無法追上哥哥，但即使如此仍盡可能地努力接近你，應該不是件壞事。」

雖然對自己的驕傲很羞愧，她還是想讓哥哥看見自己打算追趕他的模樣。

學沒有回答鈴音的想法，只是靜靜地閉上眼。

「妳是怎麼看待綾小路的？」

「……怎麼看待嗎？」

「妳只要老實說出想法就好。」

「是個我很不喜歡的同年級生。我不喜歡他擁有足以讓哥哥認同的實力，卻不打算使用的態度。可是，我認為自己有天會追上他，他是我想要超越的人物。」

「很遺憾，妳無法追上綾小路。」

「唔……」

「不過，妳完全不必追上他。妳只要按照妳的方式成長就好。」

「按照我的方式……」

學稍微拉近他跟妹妹的距離。

鈴音只要再主動靠近一點，跟學的距離就會變得伸手可及。

然而，鈴音跨不出那一步。

「妳害怕嗎？」

「……我會害怕……」

鈴音從小就無法拉近這段距離。

這微小的距離絕望地遙遠。

「為了拉近距離，妳必須再向前邁進一步。」

「我該怎麼做……該怎麼做，才能縮短這段距離呢……」

「我現在就把答案交給不成熟的妳。所以妳就說吧，說妳接下來打算對自己的班級問些什麼。」

鈴音點頭，並慢慢開始挑選用字遣詞。

3

投票前一天的放學後。

明天這個班級就會決定出退學者，並空出一個位子。

雖然任何人都會不安，但還是相信自己沒問題並且放下了心。

沒錯。因為他們已經決定好要作為活祭品交出的對象了。

他們要讓「綾小路清隆」退學。

半數學生都在這個方向上統合了起來。

多數同學，現在應該都對我懷有一定的罪惡感。

如果即使如此自己還是會得救，那這就算是很廉價的罪惡感。

時間經過就會被淡忘。

經過一年，就會變成覺得「曾經有過那樣的學生」的程度。

我當然不會對此做出心懷怨恨的行為。因為任何人為了不被退學，都會拚命絞盡腦汁研究對策。只是這次被瞄準的偶然是我。

對方訴之以情地拉攏櫛田，並提出利用同情的投票話題。

櫛田身受朋友信賴而被找去商量祕密，同學無法毫無窒礙地拒絕她的請求。

山內的戰略不差。作為有風險的主謀，他做得算是很好。

但可惜的是，他把我選作目標。

如果這些行動的目的只是為了避免退學，他就應該選擇池或須藤。

那兩人大概沒有力量擊退他。

不過，這也是因為是坂柳在暗地裡操縱，所以才沒有變成那樣。

總之，既然我可能被擊墜，我也只能為了打下誰而行動。

但這次行動的不會是我。

我只是被山內瞄準的沒存在感學生，不是可以打破困境的學生。

扛下任務的會是其他人物。

我的隔壁鄰居，那名少女側臉的改變遠比我所想的還要大。

她彷彿碰到魔法的沙粒般，身上裹著不一樣的氣場。

「那麼班會結束。明天是星期六，但是有考試。別睡過頭喔。」

學校的課程隨著茶柱的這番話宣告了結束。

在任何人接著都開始打算準備回家的瞬間。

籠罩著寂靜的瞬間。

來——行動吧，堀北。現在的妳應該可以行動。

隔壁鄰居拉開椅子，站了起來。

「可以耽誤一些時間嗎？」

堀北大聲地這麼說，呼喚教室裡的全體學生。

大家心想怎麼回事，目光當然都聚集了起來。

「各位，不好意思，我想請你們暫時留在這裡。」

茶柱似乎也很好奇堀北，而一度停下腳步。

「怎麼了呢，堀北同學？」

這種時候，平田比任何人都更早做出反應。

因為對於班上的變化，他也比任何人都還要敏感。

「有關明天的特別考試，我無論如何都有話要先說。」

「有關明天的特別考試？」

「那、那是怎樣啊──我接下來預定要跟寬治去玩耶──」

「對……對啊。」

山內他們這麼說，強調自己沒時間。

「你們兩個還真從容啊，明天就有人要被退學，居然還約好要去玩。」

山內被堀北盯著，便急忙撇開視線。

「那是……該說是因為就算手忙腳亂也沒用，所以才做好了覺悟……」

「是嗎？這心態還真是出色啊，但是抱歉，大家可不像你這樣出色。這件事情，如果不請所有人都留下來就沒意義。可以請你配合嗎？」

「到底是什麼事啦──」

「有關明天的考試，還有退學者，我想說一件重要的事情。」

堀北邁步而出，站在講台前。

她應該想站在可以確實環顧所有人的表情的位置吧。

「退學者的事情……咦，那是怎樣啊──」

山內的語速很明顯開始比平常快。

面對這種非同小可的氣氛，應該是自身愧疚參雜在內的無意識表現吧。

「這幾天，我用自己的方式思考各種事。思考誰該留下，誰該退學，該如何導出那個答案。而今天，我成功明確得出了那個答案。所以，我要在這地方告訴各位。」

「等一下，堀北同學。」

阻止這件事的不是山內，而是平田。

「這個班上沒有任何人應該被退學喔。」

「是嗎？說不定有喔。」

「那、那種事情……」

「我從被告知這場考試時，就有個很大的疑問。明明就要在班上評價，並以那個結果推出退學者，但我們就連在班上討論的時間都不能安排。這樣的話，就會變成建立小組、控制選票的戰爭。結果，原本應該留在班上的優秀學生也會有被退學的危險性。這種事情不能稱作考試。」

最先感到佩服的是茶柱，接著是高圓寺。

「雖然我不知道妳發生了什麼，但妳簡直是判若兩人呢。這些話實在很中肯。」

高圓寺邊拍手，邊繼續說下去。

「可以告訴我嗎？妳想做什麼？」

「原本應該是要大家討論並鎖定退學者，可是我很清楚那就現實來說很困難。所以——就由我來指名該退學的人吧。」

「等、等一下，堀北同學。」

「抱歉，現在就讓我說吧。我之後會好好說明指名的理由。」

堀北珍惜時間似的打算推進話題。

「不行啦，我反對會讓大家混亂的行為。」

但平田還是緊咬不放。

平田有平田的作風。

「她至少有權利發言吧？你就事後再反對吧。」

須藤阻止平田阻礙堀北似的插話。

「Red Hair同學說得沒錯，我也要分出有意義的放學時間，你的阻礙才是浪費時間。」

對這討論有興趣的高圓寺也做了掩護射擊。

「可、可是……」

堀北趁機開口：

「這次的特別考試……我判斷應該將山內春樹同學退學。」

堀北在同學的注目中，明確說出了學生的名字。

至今為止有好幾名學生被人暗中選成批評票的目標人選，可是像這樣直接指明，做出為了集中票數的發言，堀北還是第一個人。為什麼誰也沒這麼做呢？當然是因為這樣會獨自招惹指名學生的怨恨。重要的是，如果指名的誘導失敗，提議者有很大的可能被當作目標。

「為、為什麼是我啊，堀北！」

首先反應的當然不是別人，就是山內。

如果容許堀北的蠻橫行為，山內就會被當作批評票的目標。必死無疑。

「我有明確的理由。首先，你這一年在班上的貢獻度極低。」

「才、才沒有！我考試也一直都比健還要好！」

「你這次被超越了呢。」

「那是……就說，也只有這次吧～！」

「退一百步來說，就算你的學力還高於須藤同學也好，但你在身體能力的強度上，可是比他遜色個一兩階。」

「這點寬治不也差不多嗎！這次他可是最後一名！」

山內會拚死抵抗也是理所當然。

如果在這裡被當作靶子，任何學生都會拚上一命。

「班上確實聚集了一定人數的戰力相似學生。你的說詞也正確。」

「是、是吧！指名之類的行為，真的還是饒了我吧～……」

「可是，就算跟同個水準的他們相比，你還是差了半步。考慮至今的課堂態度與遲到缺席的

有無，以及強項、弱項，你在班級重要度上判斷的話，就會是最後一名。排在第二名的就是池同學，接著依序是須藤同學。我在昨天這麼做出了結論。」

「我、我也是退學人選嗎！」

須藤慌張了起來。

「你最近學力與精神層面確實都開始提昇。可是，這也並不能消除你之前對班級造成負擔的次數之多。對吧？」

「……嗯，是啊。」

須藤被提出事實，便老實地接受。

池也一樣接受，他的表情很沉重。

「妳在自顧自地說些什麼啊！這讓人很火大吧！寬治、健！」

山內打算拉攏同樣被打上退學人選烙印的兩人，但他們都沒有足以反駁的武器。

「再說啊，我這種還算輕微耶，高圓寺那種人可是連特別考試都會蹺掉的問題兒童！」

「高圓寺同學在關於行為上有應該大幅改變的地方是事實，但他理解這次討論的意義。在能力值上來說，可是你無法相比的天壤之別。至少他不是該在這次考試退學的學生。」

高圓寺滿足地露出無畏的笑容，並且雙手抱胸。

「我不接受啦！總覺得真的無法接受！」

「既然如此，我就談談在這些雜七雜八的人選中，特別選上你的決定性原因吧？」

面對大聲吵嚷的山內，堀北冷靜地堵住他的退路。

「妳、妳說決定性的原因？」

山內對這異樣的氛圍感到畏縮。

「你在這次考試上，應該有一件沒對任何人說出口的虧心事。不是嗎？」

山內被說話強勢的堀北震懾住了。

「才沒有什麼虧心事……」

「如果你沒打算親口說出來，那就由我來說。你為了讓綾小路同學退學，而利用櫛田同學遊說各個學生，對吧？」

「唔！」

教室突然一片吵鬧。

雖說有半數學生知情操作選票的事情，但他們應該不知道主犯就是山內。

「你打算讓綾小路同學退學嗎……？」

除了綾小路組，平田也是其中一名感到震驚的同學。

這件事情不可能傳給總是態度中立且為班級著想的平田。

「嗯，這是無庸置疑的事實。對吧，各位？」

櫛田受主謀山內所託，向許多學生搭過話。

即使沒有對上眼神，只要有記憶的話就會內心動搖。

光是這樣，平田也領悟到半數學生是山內這一團的。

「所以……大家才會遠比想像中還要沉著啊……」

「從小組開始推行的計畫確實地擴大了。如果可以讓超過一半的批評票集中，那名人物的退學大概就會確定。對吧？」

「又、又不是我！」

雖然山內否認不是他，但也沒有繼續辯解下去。

「不然是誰？」

「我、我哪知道！我只是，那個……是有人叫我把批評票投給綾小路啦！」

硬擠出的謊言是不會有好結果的。

「如果你不知道，那你告訴我，是誰叫你把票投給綾小路同學？」

「那是……所以我就說……」

「你是從某個人那裡聽說的，這應該是事實吧？你應該不可能不知道對方是誰吧？」

快要把頭抱住的山內環顧四周。

「……我是從寬治、寬治那裡聽說的啦！對吧！」

然後他身邊的摯友雀屏中選。

「呃！咦？不是我啦！」

池當然會否認。

「是這樣嗎，池同學？」

「不不不，不是不是。我……」

池在此語塞。

這是當然的吧。找他商量的人是櫛田。

他沒辦法貿然做出背叛的行為。

「無法回答也就表示你如山內同學說的那樣是主謀嗎？」

「不是、不是！所以，呃……那個，我是被小桔梗拜託幫忙……說是有人很傷腦筋，所以叫我把批評票投給綾小路。」

這次池的矛頭指向了櫛田。

就櫛田來說，她當然也不可能乖乖接受這種狀況。

她本來就比任何人都討厭成為批評的對象。

「難道妳才是主謀嗎，櫛田同學？」

堀北就只是這樣一個個地找下去。

這次這種特定人士被盯上的情況，就算不查出主謀也沒問題。因為如果像這樣一個一個地強硬提問，不久就會抵達真相。

「我……那個……被某人拜託希望幫忙……然後沒辦法拒絕……」

「所謂的某人是指誰呢？」

結果，為了得救而放出的箭矢還是回到了山內的身邊。

但焦急的山內急忙地打算放出下一支箭矢。

「沒、沒錯！我、我是被小桔梗邀請！她叫我讓綾小路退學！」

從一個謊言開始的連鎖不會停止。

「我……我？」

「大家也都是從小桔梗那裡聽說的吧？對吧？對吧？」

被委託負責仲介、中間人物職責的確實是櫛田。

但大多同學都知道。

知道櫛田桔梗是會為朋友行動的學生，不是會陷害人的女生。

他們之間會產生累積而來的信賴經驗值的差距。

「怎麼這樣，太過分了，山內同學……我當初是因為山內同學找我幫忙，其實我也很不想對綾小路同學見死不救……所以才拚命努力……」

櫛田趴在桌上，發出痛苦的聲音。

光是這樣，同學們也看得出來了吧。看得見山內懇求櫛田，並哀求請她幫忙的情景。

山內的情勢逐漸惡化。他當然也對櫛田感到很心痛吧，但唯有在這場面成為批評對象是他必須避免的。

最糟糕的情況就是被退學。

「……櫛田同學。」

堀北叫了藏著表情的櫛田。

應該任何人都以為她會說上一兩句安慰吧。

「妳做的事情也是個重大的錯誤。」

堀北以嚴厲的口吻斥責櫛田。

「這個班級裡，妳跟平田同學和輕井澤同學都有同等……不對，妳是擁有更大影響力的學生。如果這樣的妳呼籲批評票，很多人都會服從。」

「我、我，那種事、我只是想幫助山內同學……」

「不要詭辯。妳不是那麼愚蠢的人。妳應該從一開始就看得見自己幫忙會變得怎麼樣。」

面對堀北的責怪，櫛田哭著站了起來。

「我沒有想到那裡！我、我只是無法放著傷腦筋的山內同學不管……我很痛苦……想為他做

些什麼……！」

「不對，妳已經預見了。妳明知會變成這樣，還把問題放著不管。」

「唔……」

櫛田對於堀北嚴厲的責備感到害怕。

就算想在這場合強力反駁，櫛田也辦不到。

因為她不可能在這地方摘下天使的面具。

堀北不會不清楚這點。

「關於這次的事情，是妳的判斷失誤。妳應該在更早的階段就做出對策。」

「怎麼會，我根本就無能為力……」

「妳就把這件事作為反省，今後做出對班上有益的行為吧。」

堀北沒把櫛田的藉口聽進去，而是這麼做出了總結。

「話雖如此，元凶是山內同學看來是件不爭的事實呢。」

暫時指向櫛田的矛頭再次鎖定了山內。

「等、等一下，堀北，就說了不是我……」

「哎呀呀，真是件有意思的事情。但是打算拉下誰的過程，本身應該不是件多奇怪的事情。

如果這場考試排除了漂亮話，也會是底層的學生賭上生存去戰鬥的考試。還是說，只有他受到嚴厲責備，是有某些理由的嗎？」

從頭到尾都完全保持中立的高圓寺這麼說。

這一切都會轉為幫助堀北的發言。

「是啊，雖然打算組成小組打下某人的行為不值得讚賞，但我認為為了生存下去也無可奈何。但前提也是如果只有這樣呢。」

「哦？」

「山內同學，你不單是為了保護自己才打算把綾小路同學踢下去。」

「等、等一下！就說不是我！」

「這樣很難看呢，這間教室的每個人都已經深信是你幹的好事。那妳就告訴我吧，他為什麼要瞄準綾小路boy呢？」

「好。」堀北點頭。

「因為他──山內同學跟坂柳同學在背地裡勾結，並以她的指示為基礎行動。」

山內的真相被暴露在光天化日之下。

「這件事讓人好奇呢，居然跟A班學生勾結，這樣很不妥當呢。」

高圓寺會緊咬成這樣恐怕有理由。

既然高圓寺也一樣是退學人選，他應該也有附和堀北迴避危險的這種目的。藉由顯現出不需

要的學生，讓對方接受班級的裁判。

就算這次考試山內沒有和坂柳聯手，也沒有鎖定特定的人物，他也一樣是班上最不需要的學生之一，結果還是會變成類似的發展。

不過，多虧山內接受了坂柳的邀約，這應該可說是省下了不少攻下山內的步驟。

「喂，春樹，你和小坂柳勾結，這是怎麼回事……」

他不但隱瞞自己是主謀，和A班的關係也被揭露出來。

就算是池，應該也沉不住氣了吧。

「這、這是胡說八道！哪有那種證據啊！」

「那可以請你現在就讓我看手機嗎？你應該有登錄坂柳同學的聯絡方式。」

「這……我們是朋友，又沒什麼好奇怪的！」

如果真的是朋友關係，這樣也不足為奇。

但池等人對於最近坂柳露骨地接觸山內也記憶猶新。

堀北也是為了喚起這段回憶，才會拋出剛才那些話吧。

「你真的跟小坂柳勾結啊？」

他最好的朋友池說出鄙視的話語。

「我、我就說了嘛……是說，我幹嘛跟A班聯手啊！我怎麼可能背叛夥伴！我可是完全不記得！求你們饒了我吧……！」

山內抱頭裝作受害人。

「不對，你應該是從她那裡接下指示，統籌班上的同學們把綾小路同學當作攻擊目標。為了讓綾小路同學退學，她可是把比你的手段高明許多的方式傳授給你呢。」

「沒、沒有沒有沒有！」

「除此之外，說不定還有你會樂意協助的條件呢。例如說，像是她提出了交往的邀請。」

「唔咕！」

正中紅心。山內被指出想要隱瞞的事實，因此表現出了新的動搖。

這部分應該完全是推理吧。可是，從態度來看，那些推理猜對了。

「我沒辦法為了那種無聊的理由，讓比你優秀的學生退學。這就是我推舉你當作退學者的最大理由。」

堀北不是對山內，而是向班上同學說。

「任何人都討厭班上少了夥伴，但你比任何人都更先背叛同學，與敵人勾結。如果要瞄準其中一名夥伴的話……你才是對班上來說不需要的學生。」

「這、這是……」

山內拚命動腦筋。

為了讓現狀好轉。

「就算、就算剛才的事情都是真的……為什麼就只有我被責備啊？就算是別班，想保護自己的行為不是正當防衛嗎！因為我不想被退學啊！」

「原來如此，你想說保護自己有什麼錯呢。」

雖然這是很勉強的藉口，但山內頑固地不想承認這部分。

「保護自己確實很重要。可是，為了保護自己而陷害夥伴，甚至把靈魂賣給敵人的那種學生，我還是不會予以好評。」

不管山內想怎麼抵抗，對堀北都不管用。

「妳、妳就因為跟綾小路很要好，所以才一直袒護他！」

「不對。這是我客觀且冷靜判斷出來的結果。綾小路同學和你的起跑線是一樣的，從起跑線相同來看，這時你們對班上貢獻度的差距也很明顯。再加上如果你跟A班有聯繫，這也沒有爭辯的餘地。」

「我沒有異議呢，我判斷採用堀北girl的方案較為理想。我確實無法和可能背叛班級的學生一起生活。我就支持妳吧。」

高圓寺這麼說，率先支持堀北的提案。

「等一下！我沒有背叛啦！我用生命發誓！」

他一副要說這已經是最後手段似的用生命發誓自己沒有說謊。

同學把這些話聽進多少，實在很難說。

「說到底啊，為什麼會是綾小路啊！」

「什麼意思？」

「假如我真的跟小坂柳聯手，難道我就不會不讓綾小路退學，而是打下C班的麻煩傢伙嗎？」

坂柳提議這件事情的時候，山內自己恐怕也覺得很疑惑吧。覺得為何不是平田跟輕井澤這種班級中心人物，而是綾小路。

「答案就是因為不論好壞，他都算是個很不起眼的人物。就算想讓優秀的學生退學也不簡單，所以坂柳同學才會隨便選上了沒存在感的他。因為對坂柳同學來說，重要的恐怕不是讓C班的誰退學，她想要的是願意作為自己的棋子行動的間諜。」

面對能言善道的戰略，憑山內根本不可能抵抗。

「應該也有人不喜歡我說的這些話。既然這樣，想寫下我的名字的人就去寫吧。不管是想寫下山內同學的名字，想寫下綾小路同學的名字，或是寫下除此之外的人名都沒關係。不過，我認為我還是應該把想法傳達給大家，所以才會像這樣發言。還請各位好好考慮這點做出判斷。」

這是堀北做出捨身覺悟的戰鬥。

應該奏效了吧。

可是，須藤卻在此出聲。

「等一下啦，鈴音……我很清楚這件事的過程了。包括這都是春樹那傢伙的錯。」

須藤的表情很陰沉。總是服從堀北指示的須藤做出拚死的抵抗。

「我反對春樹的退學。」

「畢竟他是你的朋友呢。我很了解你重視他的心情。」

堀北已經非常清楚須藤會掩護山內。

然而，須藤也無法輕易作罷。

「袒護朋友是當然的吧。我當然覺得和A班聯手是件很過分的事……但沒必要就因為這樣而讓他退學吧？他從現在開始反省，好好為我們貢獻，這樣不就夠了嗎？」

「既然這樣，什麼事也沒做的綾小路同學也沒必要退學。」

「這、這是——」

「我現在說的不是那種層級的事情，須藤同學。」

堀北吐了口氣，使用她努力存下來的勇氣。

這是抱著會被全班討厭的覺悟所面對的戰鬥。

「要袒護某人就要捨棄某個別人，所以這場考試不是要依據什麼感情論，而是要理論性地得

出結論。」

「唔……」

須藤陷入沉默。

他想幫助山內的想法傳達了過來。

可是，為了這樣，他就必須讓某人退學。

組成小組、控制選票。這種行為本身是錯的。

同學直到考試前一天為止都各自隨意地行動。應該讓那傢伙退學、那個人退學也沒辦法——大家都被那種負面思考塞滿了。

正因如此才能切身理解。實際感受自己只希望自己得救，沒辦法為班級行動。就算在被告知考試的當天像這樣呼籲大家，應該也不會發揮出如此效果吧。重要的是，堀北在大家還沒好好面對考試的情況下呼籲也不會打動人心。可是，現在的話全班應該都明白了吧。明白率先讓同學退學是件多麼困難、恐怖的事。

「抱歉，春樹……我無能為力……」

老實說，須藤成長的模樣讓我很驚訝。雖然他還留有容易被挑釁、容易理智斷線的性質，但他還是一點一點地展開了視野。

即使把和堀北位置比較接近的我拿去與摯友山內衡量，他還是可以冷靜地做出判斷。

「看來決定了呢。」

高圓寺他們那些旁聽者打算做出判斷。

「等一下、等一下啦、等一下啦！」

山內喊道，並阻止那些判定。

「把批評票投給我實在是太愚蠢了啦！」

「我的想法已定，沒有人比你更適合批評票。」

「即使妳這樣想也一樣！我已經跟大家約好了！約好要投給綾小路！」

「……我要撤回……」

「啊……？」

垂著頭的櫛田小聲嘟噥。

「我錯了……就因為想幫助山內同學，所以什麼都沒看清楚。我要撤回四處拜託大家幫忙的這件事情……」

櫛田為了不讓自己的評價在此下滑，也只能站到堀北這邊。

「等一下，那算什麼啊！居然毀約，這不過分嗎！」

「過分的是山內同學……居然這樣……背叛同學……」

山內已經完全是孤身一人了。

他應該比任何人都更深切感受到自己被許多矛頭指著。

「你在這個班上是實力最不足，而且又背叛了夥伴的人。」

她只是淡然地、靜靜地陳述。

「以上就是我的見解。」

堀北這麼說，打算總結。

感覺已經不會出現可以對抗堀北的人物。

「最後，我可以問一下在場各位的意見嗎？問各位是怎麼想的。」

可是——

「我希望妳等一下，堀北同學。」

「……怎麼了？」

一名男學生舉手站起。

若說在場有唯一一件事情在堀北計算之外，就只有平田洋介這個存在。

「我沒有打斷妳，聽完了妳說這些話，但我還是反對這種形式的做法以及誘導投票。夥伴之間互相踢下對方是不對的。」

這不像須藤那樣感性，也不像堀北那樣理性。

而是平田得不出答案的痛苦抵抗。

「這別無他法。這場考試不存在著漏洞，是班上一定要有某人犧牲的不講理考試。你還沒有接受這點嗎？」

「我怎麼可能接受？我……我不希望少掉任何人。如果是自願退學就另當別論，山內同學或綾小路同學也好，他們都不是自願退學。」

「不是自願退學？任何地方都不會有什麼自願退學。是啊，那我要硬提出一個沒用的問題。可以請這個班上自認退學也無所謂的學生舉起手嗎？如果這種人會這樣就出現，大家就沒必要互相仇視了。只要全場一致讓批評票集中在那個人身上，事情就結束了。」

沒有任何學生舉起手。如果有那種學生存在，那個人早就成為候選人了。

「這樣你懂了嗎？」

「不行，我不可能認同這種最差勁的事情。」

完美的資優生，文武雙全的好人。

平田洋介的弱點暴露而出。

那就是他在被迫做出取捨的狀況下根本什麼都辦不到。

「不管你怎麼想，我都會以我相信的方法戰鬥。讓我現在在這裡表決。」

「那種舉手表決沒什麼意義。這不會變成當天誰就會投給誰的保證。」

「沒那種事。即使是在決定班級方向的意義上，這也是件重要的事情。」

「不行，所有人……所有人都打算讓某人退學……那種事情……！」

從平田看來，他很怕那會變成糾紛的導火線。

因為會讓誰討厭誰的這件事情暴露出來。

「讓我問吧。」

堀北無視平田，打算舉手表決。

誰都阻止不了堀北了。

在大家可能會這麼判斷的時候——

「堀北同學！」

喀！——教室響徹這種沒有情感的聲響。

有人曾經想像過這種光景嗎？

平田踹飛的桌子無情地往前方飛滾。

「欸，咦，平、平田同學？」

女生那裡傳來了覺得無法置信的聲音。

我也這麼覺得。

他只是偶然用力過頭，腳撞到桌子——這是那種會讓人想要這麼想的事件。

對茶柱來說也一樣。

這男人做出讓人無比意外、難以置信的行為。

「可以停止嗎，堀北同學？」

平田連聲調都很低沉，他打算讓對方害怕，趕跑對方。

「……你是叫我停止什麼？」

堀北隱藏內心動搖似的撥起瀏海，反問平田。

「我叫妳停止表決。」

「你沒有那種權力……」

面對平田震懾人的話，堀北的聲音也有點顫抖。

現在的平田就是有這樣的魄力。

「這些討論是不對的。」

「如果連這些討論都是不對的，到底什麼才是正確答案？因為連你都不知道，才會什麼也沒做就來到今天，對吧？」

「……那又怎樣？」

「……所以我才說那是個問題，這不會是正當的評價。」

「閉嘴……」

「不，我是不會閉嘴的，我——」

「堀北……妳給我稍微閉嘴。」

平田對回嘴的堀北冰冷地如此表示。

面對至今最冰冷、最重的話，堀北也停止了發言。

所謂空氣凍結，就是在說這種情況吧。

「所有人都給我聽著。」

平田判若兩人似的改變語氣，對同學下達指示。

「剛才那件事情是真是假都無所謂。」

「……是假的！那是假的，平田！我是受害者！」

才剛被制住的山內彷彿認為機會絕佳地如此喊叫。

「受害者？」

「唔……」

平田深入人心的眼神射穿了山內。

「他們都說了這麼多，你怎麼可能毫無關聯？」

「那是，所以……」

「我對你們不認為陷害夥伴有什麼大不了的做法感到作噁。」

這些憤怒不只是針對山內，而是針對同班同學。

「這是考試，是無可避免的事情。」

「就算這樣，操作選票也是錯的。」

「考試就在明天了。就這樣毫無對策地挑戰，也等於是在默許山內同學的背叛。」

「毫無對策有什麼不行？我們沒有權利審判同學。」

「你在說什麼……？這是我們現在被要求的特別考試，實際上也有許多學生期望這樣。」

正因為站到講台上接受了學生們的視線，堀北才看得見這點。

可是平田不打算認同。

「——不行的是妳的存在吧？」

教室裡響徹低沉的聲音。

我的腦袋至今依然拒絕理解這冰冷的聲音是出於平田。

「這次的考試確實非常冷酷無情，我一直都很不認同。即使如此，如果要我可以勉強默認的話，那也只有自然投票的那種形式。絕對不是像這樣誘導，並為了打下彼此的形式。」

「講得真好聽。班上大部分同學都在私底下組成小組，反覆議論要踢下誰、保護誰。只是最後矛頭指向了綾小路同學。」

「對，那也是最差勁的行為，但還是跟這樣露骨地呼籲全班的行為不一樣。」

「這是一樣的，沒有什麼差別。如果你要高舉善惡這點，那你連那種行為都應該制止。」

他們兩人的對話，誰也沒辦法插嘴。

可以跟現在自暴自棄的平田對話的，大概就只有堀北了吧。

「再說就算不在這裡舉手表決，我的想法都傳達完了。你希望的自然形式已經消失無蹤了喔。」

「是啊……木已成舟，所以沒辦法撤銷。」

平田稍作停頓，然後繼續說下去。

雖然稍微恢復了冷靜，但看起來還是一樣冷淡。

「所以我決定明天要寫上堀北同學的名字。我不會容忍妳在班上創造出我不期望的形式。」

平田也很清楚自己有許多矛盾。就是因為他還是最重視全班的感情融洽與和平，所以才會感到痛苦。

「嗯，隨你高興。」

「如果各位贊同平田，那我會面對。」堀北沒有透露不滿。

見證兩人衝突的茶柱靜靜地靠近講台。

「可以了嗎，堀北？」

「是的。」

她把位子讓給茶柱，回去自己座位。

課程已經結束，應該完全沒有教師出場的戲份。

茶柱卻刻意踏入了學生們的領域。

「你們應該會說這場考試很不講理，然後把學校臭罵一頓吧。不過啊，出社會就一定會迎接非得捨棄某人的情況。到時候高層或管理職位的就必須嚴格處置。在這所學校讀書的學生，遲早都會被培養成對日本來說的重要存在。如果把現在在此舉行的考試當成只是學校故意找碴，是不會有所成長的。」

在社會上為了守護夥伴，當然就要割捨扯後腿的人。

在那一連串過程中，應該也會發生到今天都在進行的地下交易或破口大罵的誘導吧。

這場特別考試可以說確實包含讓人成長的要素。可是，很多學生都是身心尚未成熟的小孩，要強迫他們做出這種判斷，絕對不是件溫和的事。說不定會出現因為這場考試的影響而心靈崩壞

的學生。

「我對今天的討論完全不打算多嘴。我認為所有人的發言都有價值。請各位考慮這些發言，仔細思考後再投票。」

聽完所有討論的茶柱留下這段話，就離開了教室。

會是我、山內、堀北，還是平田，或是其他學生呢？

明天的投票上完全不知道誰會寫上誰。換句話說，答案也可能在考試前夕變更。我們也不會因為這樣而受到責怪。

這就是那種特別考試。

4

放學後，波瑠加他們馬上就成群結隊地過來。

堀北和山內很快就離開了教室。

「你接下來有空吧？」

「嗯？嗯。」

其實我原本是想跟平田稍微聊聊……

平田沒有顯露情感，獨自靜靜離開座位。

既然事情都傳開了，無視這群人也不是上策吧。

「去咖啡廳吧。」

受到這種邀約後，我們就光明正大地結伴離開教室。

即使到走廊上，也沒有任何人想打亂這陣仗。

「這樣好嗎？搞不好你們會被山內的小組盯上。」

「如果要瞄準我們也好，我絕對不會讓我們這一群出現退學者。」

波瑠加和平時不同，沒有改變有點憤怒的態度。

「我也贊成，清隆完全沒有理由退學。」

面對贊成波瑠加的啟誠，明人與愛里也接著用力點頭。

「我原本也覺得我們完全沒聽見風聲很奇怪。因為這個小組裡有人被盯上，所以要說當然的話，這確實也理所當然呢。」

不論再怎麼為了刺探情報而行動，我們就連目標人物的人影都看不出來。

啟誠知道其中理由後，就一副理解的樣子。

抵達咖啡廳，各自準備完飲料後，波瑠加就這麼開口：

「批評票的對象，我覺得我們可以把山內同學當作首選。倒不如說，我們應該這麼做。」

「我沒有異議，但其他兩票要怎麼辦？」

「只要從還在支持山內同學的那些人裡選出來就好了吧？」

「知道山內跟坂柳有聯繫，公開支持他的傢伙不是急遽減少了嗎？就連池跟須藤都沒辦法光明正大地說要聲援了吧。」

「但我認為他們身為朋友會投下同情的讚美票。」

波瑠加的猜測應該是對的吧。

就算說是背叛，山內也只是為自保而行動。

只要改變觀點，也可以理解成他只是遭到坂柳利用，不是沒有同情的餘地。

不過，雖然安排讓仇恨指向山內的是堀北……不，是我。

山內是主謀，他的背後有坂柳。

我把這件事實告訴堀北的哥哥，請哥哥轉達給妹妹。

如果她不行動，就要由我直接做出和堀北一樣的事情。

「清隆實際上聚集了多少張批評票呢？男生那邊以山內為首，還有池與須藤，再來就是跟山內很親近的堂本、伊集院、宮本、外村這些人的可能性很高。」

光是從男生去算的批評票就有七張。

「女生呢？」

「我認為堀北同學無庸置疑會把讚美票投給綾小路同學，並且把批評票投給山內同學，但至於其他女生們會怎麼做就不知道了……愛里，妳知道嗎？」

「……我覺得佐藤同學和輕井澤同學大概不會投給他……」

「為什麼？」

「總、總覺得是這樣，沒有理由……」

「這就是所謂女人的直覺呢。」

「還真是靠不住呢。」

啟誠不打算把這算在內。

「才不會呢，我認為這意外地會很準確。如果不是別人，而是愛里這樣說的話。」

「什麼意思？不是別人？佐藤另當別論，可是輕井澤就不知道了吧。」

啟誠搞不太懂，於是偏了偏頭。

「好啦好啦，總之就是可以排除那兩個人。」

「真草率……」

「不過啊，即使排除三個人，也不知道其他多數人的打算呢。」

「算是吧。不過，畢竟也有很多女生不喜歡山內同學，就算她們忠實地遵守約定寫上小清的

名字，應該也會在批評票上寫出山內同學的名字吧？」

「從心理上來看確實如此呢。從那些想要得救的人來看，只要先列舉並寫上極有可能退學的學生，不論怎麼發展都很安全。大家應該會認為這是清隆與山內的單獨對決吧，接下來票數應該會分散開來。」

啟誠聽完這些話，就出示根據。

高圓寺應該是集中最多批評票的人，但那種情況也稍微減弱了吧。投給高圓寺，就等同是在無視他的實力。既然其他還有好幾個一直在扯後腿的學生，高圓寺的立場就會退到大概第四或第五順位。

「清隆同學絕對沒問題喲。」

「嗯，謝謝妳。」

愛里應該也有些不安，心想剩下來的一個批評票名額，大家是不是會投給自己。但她沒有表現出來，而是堅定地鼓勵我。

「話說回來，你是最沉著的呢，小清。」

「這只是因為我完全無能為力，心裡充滿了不安。」

「別擔心啦。多虧堀北，風向還不錯。何止如此，簡直就是你被拯救的形式。」

如果沒有堀北提出想法，許多學生就會什麼也不知道地迎接當天。

不深入思考，只想著要自己要獲救，並且把我的名字填下去。

要想像這種畫面很簡單。

「不過……堀北同學是在哪裡察覺到山內同學背叛啊？」

愛里突然想到這種疑問。

「我們這組跟清隆同學很要好，所以沒聽說這件事也很正常吧？雖然我覺得這點堀北同學應該也差不多……」

「確實如此呢……堀北也沒有特別表現出成立小組的舉止。」

山內現在大概也對這部分很憤怒吧。他應該會認為自己統籌的小組中有人背叛，並把情報洩漏給堀北。

雖然他在剛才的場合應該沒有餘力發現並指出這點。

「雖然不知道是誰，但這代表有人不希望小清退學吧？」

「是啊，這不是個負面要素。」

誰都無法發現那個人既是惠，也是我自己。

回家路上。

我發現面無表情，坐在長椅上的平田。

不管是其他的任何人看見這副模樣，應該都會猶豫要不要找他搭話。

因為他的狀態就是這麼糟糕，至今都沒有這樣表現過。

「他似乎相當束手無策呢。」

「嗯，真不像是平田。」

波瑠加和明人都立刻理解了這種異常。

「我打算跟他聊聊。」

「不要吧，清隆。現在先讓他靜一靜會比較好吧？」

「可能吧。可是，我有些事情覺得很好奇。」

「好奇的事情？」

「抱歉，你們先回去吧。總覺得一群人找平田搭話也不會受到他的歡迎。萬一要被他討厭的話，只有我一個就夠了。」

「……我知道了，但明天就是投票日，你最好不要貿然刺激他。老實說，現在的平田會把批評票投給誰是最難以預測的呢。」

我點頭答覆明人的忠告，就離開了他們。

大家都可以看氣氛，不停下腳步地踏上歸途，實在是令人感激的判斷。

在接觸他以前，我在遠處拍下了平田意志消沉的模樣。

在照片加上一句話，然後寄給了惠。

「平田。」

我心想不要錯失這次機會，之後就立刻向他搭話。

「……綾小路同學。」

「可以打擾一下嗎？」

「沒問題喔。我也……嗯，畢竟我也想先和你聊聊呢。」

說不定平田正在等我。

否則一直坐在這麼冷的地方也沒有意義。

他不是坐在長椅的正中央，而是靠邊坐。

也可以當成是為了迎接某人而空出來。

我在那個空出來的空間坐下來。

「溫暖的春天就快來了呢。」

「是啊。」

「我……原本相信可以大家一起迎接春天。不對，現在心裡的某處也依然相信著。」

即使發生班級幾乎要瓦解的事件，平田依然這麼說。

他就算自己出醜，內心的部分依然不變。

「我很討厭少了某個人。」

「這是個束手無策的問題。我或山內，或者是其他的某個人一定會成為犧牲。」

平田的側臉不帶情感。

「可以交給你嗎？」

「你要把什麼交給我？」

「我是指C班喔，我希望今後你代替我引領大家。」

「別胡說了，我辦不到那種不得了的事情。如果你想保護班上的人們，那就自己去做吧，平田。」

「那是沒辦法的喔，我已經……沒辦法了。」

對無法做出決定的自己感到厭煩——他心裡應該也有這種想法吧。

可是，不只是這樣。

「又是相同的錯誤。那時，我明明就反省過了……」

他因為不甘心而泛淚。

平田在這次考試上究竟煩惱到了什麼程度？

「明明你這種水準的人物，我就可以放心交給你的。」

他呼出一口白色的氣息。

現在一點也看不見他耀眼且令人羨慕的那個班級核心的模樣。

「這次的特別考試，你只要寫上我、山內，還有堀北的名字就好了。」

「你的意思就是要我把判斷委託給其他學生呢。」

平田沒必要做出從這三人選出一人的行為。

剩下的三十九人會自作主張地替他執行。

「你果然很厲害呢，綾小路同學。」

「並沒有很厲害。」

「我坐在這裡，堀北同學和山內同學都分別來過。堀北同學叫我投給山內同學，山內同學叫我投給你，雖然他們主張的做法都不一樣。不過你卻不會想陷害對方，這不是常人辦得到的事情喔。」

因為這件事情在戰略上是成立的。

在這裡硬拿下平田的一票並不是上策。

我只是這麼判斷而已。

「有跟你聊聊真是太好了，總覺得我也稍微看得見答案了。」

「這樣啊。」

平田站了起來。

你也用自己的方式找到通過這場考試的方法了吧。

可是，我不能允許那種事情。

「回去吧。」

被他這麼催促，於是我們兩人就不發一語地踏上了歸途。

別班的想法

D班從考試開始以來，一直都表現得跟平常沒兩樣。

因為從這場追加考試公布以來，班上大約有九成同學的情感都是一致的。

就算來到考試前一天的星期五也是一樣。

他們要讓「龍園翔」退學。

大多數學生沒有說出來，也沒有事先商量，但就這麼下定了決心。

龍園至今都是以獨裁風格的主導方針引領著班級。不過，就算說是客套話，結果也說不上是很好。實際上他們就從C班掉下，而且穩穩地走在最後一名。

重要的是，許多學生一直受到暴力與恐嚇的支配折磨。他抓住人心的脆弱，製造讓人無法回嘴的狀況，是萬惡的根源。如果沒有龍園，就算沒辦法升上B班，也不會掉下D班。很多學生都是這麼想的。

考試到了第三天時，多數的D班學生都私下串通一定要在批評票寫上龍園的名字。剩下的兩票則要分散開來，不要集中在一個人身上。光是這麼做，龍園就會確實地退學。

其實石崎心裡很不希望龍園退學，但難辨的是因為他在表面上被捧為踢下龍園的重要功臣。因此，這次就作為小組中心肩負著集中批評票的職責。

龍園在知道考試內容的同時就理解了石崎的苦惱，以及班上同學的情緒走向。然後做出了決定──決定對於在這場考試中離開學校採取不抵抗的態度。

就是因為這樣，他打算享受到追加考試結束為止僅剩的時間。

因為他也必須思考離開學校後要在哪裡做些什麼。

因此，留在教室是最浪費時間的。

龍園立刻離開教室。

目送他背影的伊吹靜靜地思考自己該怎消磨放學後的時間。

她至今多半都會受到龍園的邀約，但現在也不會有那種情況。

伊吹的面前出現了一個人影。

「表情真陰沉呢，妳就這麼討厭龍園退學嗎？」

「啥……又是妳？妳就這麼喜歡纏著我嗎？」

「沒有啊，我只是擔心才找妳搭話耶。畢竟自從龍園同學不是班級中心之後，妳在班上好像就越來越沒存在感了呢。」

這樣出言挑釁伊吹的是她的同學——真鍋志保。她是女生的核心人物。

她從入學一開始就跟伊吹合不來，也常常跟她起衝突，但因為伊吹受到龍園的推舉，她就變得沒辦法滿足地發牢騷。

真鍋心裡對這件事情感到非常不愉快。

這挑釁行為彷彿是在發洩那些怨恨。

「伊吹同學果然會投我批評票吧？」

「誰知道？」

「妳就投嘛，畢竟我會投妳，這就算是彼此彼此啦。」

「……是喔。」

真鍋對於不感興趣的回應有點焦燥。

因為她想要看見更生氣、更傷腦筋的伊吹。

「伊吹同學妳不會退學，所以可以儘管放心吧。就算有好幾個人會把讚美票投給龍園同學，他也還有三十張以上的批評票呢——」

真鍋因為龍園不在而態度強勢，但其他多數學生也都差不多。

石崎離開了位子。

明天追加考試就要開始了。

只要開始就束手無策了。

「陪我一下，伊吹。」

石崎現身在這樣互瞪的兩人面前。

「……是可以。」

伊吹很鬱悶，但還是聽從石崎的話離開教室。

她覺得如果可以離開真鍋，這樣還比較好。

「妳要故做從容也是沒差，但龍園同學退學後，下次就換妳了。」

真鍋宛如班級支配者似的對伊吹說出強勢的發言。

「所以，我們要去哪裡？」

伊吹出去走廊，當真鍋不在視野中後，就如此問道。

「沒什麼，我只是想說點話。是有關龍園同學有的個人點數。那件事情怎麼樣了？」

「什麼怎麼樣。那傢伙還拿著。」

「妳還沒收回嗎？考試就在明天了耶。要是他退學的話，全部都會消失。」

「最先激動地說著不要收回的是誰啊？」

「那是……因為當時我覺得那只不過是個人點數……」

「如果你這麼想收的話，要不要直接跟他低頭收回？」

「我沒辦法行動啦。」

伊吹就是因為了解這點，才會說出有點壞心眼的話。

「畢竟你對班上來說是擊殺龍園的關鍵人物呢。要是接觸過龍園的事情貿然暴露出來的話，你就會遭人懷疑。被人認為說不定會背叛。」

從想阻止龍園退學的石崎來看，這種發展正如他所願。

可是，要是做出那種事，下次石崎就會背上退學的風險。重要的是，石崎作為龍園垮台理由奮起的事實就會不成立。他不可能做得到。

想救龍園的心情，以及自己想得救的心情。

他因為顛倒的狀況而苦。

「我……可惡，我到底在幹嘛……」

「龍園退學不是最好的嗎？你也知道吧？」

「這樣真的好嗎？你覺得少了龍園同學，今後還有辦法贏嗎？」

「他明明也沒做出像樣的結果，虧他可以被抬舉成那樣呢。那傢伙的行動應該只會讓人覺得無法理解，而且一點也不光明正大。」

「這確實是場賭博。可是啊，少了那個人，A班根本就是遙不可及的夢。」

坂柳的A班綜合能力很強，龍園也很警戒。

一之瀨的B班維持著團結力的強度，以及穩定的成績。

而綾小路的C班兼具可以制住龍園的蠻力，以及深不見底的智謀。

班級的能力差距很分明。

石崎心中有個堅定不移的想像。

要與那種怪物們交鋒，就非得有個同樣是怪物的人。

他認為龍園翔不是該在這種地方消失的人物。

「唉，雖然我認同龍園很不尋常。」

伊吹的心裡也有些想法。

雖然龍園敗給綾小路，但他在自己心中的評價不可思議地沒有下降。

那是坂柳和一之瀨身上都沒有，只有龍園才有的特質。

甚至或許會達到那個綾小路的水準。

她自己心裡有部分是這麼想的。

「可惡……」

石崎很焦躁。

伊吹斜眼看著這樣的石崎思考。

思考自己在這場考試上可以做些什麼。

雖然石崎是個熱血到讓人很不舒服的男人，但即使如此，他還是拚命打算在這場考試掙扎。

但她自己卻對龍園見死不救，只有在心裡想著要幫助他。

沒錯，伊吹沒有石崎從容。

她有自覺自己在班上毫無疑問算是個被討厭的人。

實際上如果龍園消失，下次被當作目標的就會是伊吹。

真鍋的發言不單純是在故意讓她生氣。

但即使如此，如果她老實一點的話，這次就會得救。

或是今後可能還會看見某些不同的路。

這就是束縛著伊吹的最大因素。

她回想起「那個男人」的話。

「這場考試沒有簡單到只是嘴上說想要幫助誰，誰就能夠得救。」

「那個男人」了解伊吹的內心以及想法。

所以沒有打算認真奉陪。

「那個啊，石崎。」

「幹嘛……」

「你不想讓龍園退學。這是真心的吧？」

「……嗯，我沒說謊。」

「這樣啊。」

別人絕對不可能集中比龍園更多張批評票。

「雖然我很不想承認，但我跟你的想法一樣。你只要記住這點就好。即使今後我在龍園之後消失也一樣。」

龍園消失的話，再來就是伊吹。

她再次看見這個現實。

「我今晚會見龍園，並回收個人點數。大概只有我辦得到了。」

把那些點數留下並且活用，將對D班有益。

可以繼承龍園的遺憾，並且把這次當作教訓。

「真的還是只有這條路嗎……」

「我們可以盡到的就只有這些了吧。」

伊吹下定了決心。
她要從龍園翔那裡把剩下的個人點數全部收回。
如果這樣對D班有好處，這就會是必須先收回的「財產」。

1

半夜。伊吹未經許可就拜訪了龍園的房間。
不帶情感的敲門聲在冰冷的走廊輕輕響起。
她等了一會兒，門就打了開來。
「是妳啊？」
「……你在幹嘛？」
他上半身全裸，下半身穿著一條四角褲。
「如果我說是在做下流的事情，妳會想要閃得遠遠的嗎？」
「我會立刻踹飛你的蛋蛋，然後回去房間。」
「呵呵，我只是剛洗好澡啦，進來吧。」

他的頭髮確實還是濕的，剛洗完澡是事實。

伊吹對這些文字遊戲很警戒，但還是進了龍園的房間。

這是這一年初次拜訪他的房間。

這裡比她想像中放了更多各種小東西，跟那男人的房間形象不一樣。

「妳不是要在我退學之前跟我共度良宵才過來的吧？」

伊吹不打算冗長地奉陪文字遊戲，並提出正題：

「把你擁有的個人點數全部給我。」

「啊？妳不是說過不要，回絕了我嗎？」

龍園一邊用浴巾擦拭頭髮，一邊從冰箱拿出寶特瓶。

他不是要把飲料交給伊吹，而是打開瓶蓋自己喝了下去。

「這次的考試，你已經沒有活路了。換句話說，那應該會變成一筆死錢吧？」

「是啊，如果我就這樣抱著錢死去，一切都會消失。」

他和A班的祕密契約也會中斷，不會給D班留下半點利益。

「所以我要收下來幫你活用。」

「真是件厚臉皮的事情。」

「這也是你的願望吧？假如你沒打算給我，就算在最後揮霍掉也不奇怪，可是你沒有那種動作。所以，我才會說由我幫你收下。」

龍園這幾天都很安分。

很明顯頂多只使用了幾百、幾千點。

「呵呵，妳還真會說啊。好啊，拿去，反正是我不需要的一筆錢。」

龍園在伊吹面前笑著。

然後拿起手機開始操作。

作業很短暫。龍園持有的所有財產都被轉移到了伊吹的手機。

「我確認到了。這樣我就沒事找你了，龍園。」

龍園抓住了說完就打算收起手機的伊吹的手臂。

把她壓到牆上。

「欸，你幹嘛啊！」

伊吹馬上踢出一腳，但龍園單手抓住她，毫不費力地制住了伊吹。

「我不討厭妳這種好戰的性格喔。」

「啥！」

伊吹心想不知道會被做什麼而露出敵意，但龍園笑了笑就立刻鬆手。

這是龍園風格的最後道別。

「妳很強，不過要我說的話，妳的破綻也很多。妳這樣是贏不了鈴音的喔。」

「雞婆。」

「那就這樣啦，伊吹。」

龍園似乎已經對她失去興趣，便把視線從她身上移開。

接著就像要把人趕出去似的讓伊吹走到玄關。

穿鞋期間，籠罩著短暫的沉默。

「你在這間學校開心嗎？」

伊吹就這樣背對著龍園詢問這種問題。

「啊？」

「沒事。」

如果有在觀察平時的龍園，就會明白那種事。

明白龍園一點也不滿足。

而他打算就這樣不滿足地靜靜離開這所學校。

伊吹站起來把門打開，冷風吹了進來。

「再見。」

伊吹留下告別，就關上了門。

半夜的走廊沒有任何人在。

手機畫面映出了巨額的個人點數。

伊吹心想這樣只會覺得空虛，於是關掉了顯示畫面。

她在走廊上邁步而出，接著馬上撥出一通電話。

就算對方已經睡了，她也不管。

如果是這樣，她打算在語音信箱留言後就掛掉。

不過，電話響沒兩下，對方就接了起來。

「是我。我把龍園所有的個人點數都回收了。」

向應該報告的人物報告完，她的任務就結束了。

那個男人透過電話告知想直接見面談談。

「是可以啦……」

反正是出來才順便過去。

伊吹答應邀約後，決定前往那個男人的房間。

一樣是追加考試前一天的星期五。

Ｂ班的學生們放學後也留在教室裡。

沒有缺少任何一人，所有人都在場。

站在講台上的不是班導星之宮，而是一之瀨帆波。

「各位，謝謝你們直到今天都像平常一樣生活。我打從心底感謝你們願意答應我這個自作主張的請求。」

一之瀨在追加考試發表後，就向同學傳達了一件事——

「希望大家直到考試前一天的放學後都要和睦地正常生活。」

僅只如此。

她只傳達了這點，沒說出詳細的戰略。

就算彼此冷漠地相處也沒有任何好處。

這場考試需要退學者是很明確的。

雖然就算會感到不安也不奇怪，但Ｂ班的學生們卻忠誠地遵守了這點。

遵從了一之瀨的話。

因為他們與她們在這一年都學到這將對B班有好處。

身為老師、身為班導的星之宮聽著一之瀨的這些話，心裡感受到了一抹不安。她身為覺得這場特別考試很不講理的教師，對於把苦難強加於B班深感抱歉。就是因為他們是沒人退學而且可以團結一致的班級，所以才會有強大、耀眼的現在。如果現在出現退學者，就會給班級蒙上一層陰霾。

「我想我給各位帶來很多操心，不過請放心，我不會讓我們班上出現退學者。」

一之瀨在每個人的眼神深處都有不安的情況下這麼斷言。

大家在聽見好消息的同時也產生疑問。

「這樣明確地斷言沒問題嗎，一之瀨？」

如果這是為了同學著想的謊言，這個場面上是不是最好別這麼說？

這是神崎的顧慮。

「沒關係喔，一之瀨，因為我們都做好覺悟了。」

柴田表現出就算她毫無對策也不怪她的態度。

但一之瀨再次表示：

「沒問題喲。神崎同學，你以前有跟我說過一件事吧？你說擁有能力卻不去利用的人是愚蠢

之徒。所以，我用自己的方式做了思考。」

在場所有人都不會退學。她有這種把握。

「……那告訴我吧，妳要怎麼防止退學者出現？」

然而沒有出示證據的話，這就只會是一之瀨的妄想。

「這場特別考試，所有人要存活下來就只有一個辦法，對吧？」

「嗯，只有靠兩千萬點讓退學無效。」

「所以，我希望所有同學把現在擁有的個人點數交付給我。雖然會失去直到四月為止的點數，但這樣所有人都會得救。」

「可是啊，這樣不會抵達兩千萬點吧？」

她的同學柴田環顧所有人這麼說。

他們商量過無數次，但缺少必要點數也難以達成。

存不到的幾百萬點，這阻礙很難跨越。

「有什麼關係？小帆波都這麼說了。我匯給妳。」

就算不問詳細內容，女生們也立刻開始把點數匯給一之瀨。

因為大家每個月都在匯款，所以很習慣這些步驟。

「唉，說得也是呢。」

柴田也立刻同意，並開始操作。

深受同學信任的一之瀨，立刻就被託付了大家持有的所有個人點數。

手機上顯示的合計金額，大概是比一千六百萬點還要少一點點。

「嗯，果然就如計算的那樣，大約不夠四百萬點呢。」

「妳打算怎麼填補不夠的點數？我不覺得別班或其他年級會拿出那麼大筆的金額。」

冷靜的神崎一邊匯點數，一邊要求回答。

一之瀨從南雲那裡借個人點數時，約定好不會洩密。

不過，事到如今她也無法再對夥伴隱瞞那件事。

就是因為這樣，一之瀨才在考前一天的現在取得南雲的許可，同意她可以說出交往條件以外的部分。

「是南雲學生會長喲。我找他商量這件事，他就說願意幫忙不足的部分。」

「學生會長？他能拿出這麼大筆金額嗎？」

「嗯，他也讓我看過他實際擁有的點數。」

他確實擁有點數的證明，也是在一之瀨接受保密之後的事情。

「之後當然要還給他。」

「那償還方案以及要付給南雲學生會長的利息呢？」

「有沒有那些東西，對結果有影響嗎？」

「沒有，是不會。我認為不論利息多高，夥伴都無可取代。」

這點神崎也同意一之瀨。

不過他判斷先掌握詳情，對今後會是必要的事情。

他肩負著詢問其他學生問不出口的問題的職責。

一之瀨也非常感謝這點。

他是願意替同學問出的疑問的重要夥伴。

「還債期間是三個月，無利息。」

「直接以借來的金額償還就可以了嗎……」

如果是這種痛苦的狀況，就算被要求幾成的利息都不足為奇。

對B班來說，無利息借出點數的南雲學生會長就像是個救星。

「我想會暫時給各位帶來不便……這樣也沒問題嗎？」

「好厲害……真不愧是一之瀨同學！我超級贊成！」

同學們沒有任何人表現出不滿。

就是因為這樣，班上絕對不能有人退學。

這就是一之瀨帆波想保護夥伴的覺悟。

3

當晚，一之瀨打了通電話給南雲。

是為了做明天考試的最後確認。

「南雲學長，我是一之瀨。」

「是帆波啊？妳打來是要說之前那件事嗎？」

「是的。我今天和Ｂ班的大家說了。然後，想再次跟學長確認這件事情。」

「我提出的條件不會改變。妳要先從所有同學那裡一點也不剩地收回所有點數，盡可能地蒐集個人點數。我不會允許你們沒有所有人都共同受苦就獲得幫助。」

「是啊，我也是這麼想的。」

南雲不會認可他們自己還留著零用錢就借到點數輕鬆得救。

這是南雲提出的條件之一。

南雲擁有將近一千萬的巨額個人點數。

不過，那筆錢他顯然不能全數借出。盡量減少借款的金額，不用說當然會是一之瀨應該率先完成的職責。

「不夠的點數有多少？」

「四百零四萬三千零一十九點。」

「這樣啊，如果只是那樣，我也能以最低限度的負擔解決。雖然今後的考試上我還是無可避免要背上相當大的負面條件。」

「是的……」

南雲要扛下的負擔很沉重。

假如下次考試南雲的班上有人退學，他應該也會採取動作填補吧。

到時也可能因為借出的四百萬點而被趁虛而入。

一之瀨深深理解這是多麼令人感激的提議。

「真的很不好意思，這真的是我任性的請求。」

「沒關係。這就是不捨棄任何人，很有妳的作風的作戰。但妳記得我借妳點數還有一項條件吧？」

「……是的。就是那個，要跟南雲學長交往，對吧……？」

「嗯，如果妳接受那項條件，我是有立刻把個人點數匯過去的準備。」

「……今天半夜十二點就是時限了吧？」

「妳還在猶豫嗎？妳最想避免班上出現犧牲者吧？」

「當然。不過，我也有點不安。」

「不安？」

一之瀨強忍著難以開口的這點，把話擠了出來：

「學長，那個……你、你喜歡我嗎？」

「什麼？」

「啊，沒有！不好意思，問這種沒禮貌的問題……不過，我認為所謂的交往是有那種情感才會成立的事情……」

「如果我討厭妳的話，就不會附上這種條件了喔。」

南雲毫不猶豫地回答。

一之瀨對這些話感到很高興，但還是藏不住心裡的不安。

「如果妳理解的話，我現在就把點數匯給妳。」

「請等一下，我……想要努力到最後一刻。」

「妳不是已經在這幾天努力過了嗎？」

與南雲約好的期限一分一秒地接近。

「妳也沒辦法跟二年級或三年級借錢吧？如果是敵人的一年級又更是如此。」

可以借出超越四百萬個人點數的人物，除了南雲別無他人。
南雲也非常清楚這點。
但南雲沒有對一之瀨深究。
反正時間一到，一之瀨很明顯就會來拜託他。
「妳要多注意喔，我可是對時間很嚴謹的男人呢。」
「好，我之後一定會聯絡你。」
一之瀨結束通話，深深吐了口氣。
然後倚靠在牆上。
保護同學，對一之瀨來說應該比任何事情都優先。
如果南雲說願意伸出援手，她就應該接受那些條件。
可是，一之瀨沒有談戀愛的經驗。
她實在不認為以這種形式跟別人交往是件自然的事情。
重要的是……她心裡告訴自己這是不對的。
誰要跟誰交往，如果沒有互相喜歡就沒有意義。
她認為只有單方面的心意是沒意義的。
可是一旦交往的話，她就會無法主動開口分手。

「唉……我明明就做好覺悟了……」

時間超過了晚上九點。

三小時之內，一之瀨就必須給出答案。

她沉重地嘆氣。

即使如此，如果自己忍耐的話，同學就可以得救。

如果這就是唯一的最佳辦法……

但她直到最後一刻，心裡還是會踩上剎車。

要是接受這個條件，自己好像就會不再是自己。

她有這種悲傷的預感。

「不行，我這樣不行。」

為什麼事到如今還會再三重新考慮呢？

如果不在這裡讓她和雲南之間的交涉成立，B班就會出現退學者。

「……好！」

啪。她輕拍一下自己的雙頰。

「我——要保護大家。」

做好覺悟的一之瀨獨自靜靜地笑著。

4

在一之瀨下定決心接受她和南雲的條件的前幾天。

時間要回溯到追加考試公布出來的那天。

對A班來說，他們和別班不同，這場追加考試是件值得歡迎的事情。

因為他們比任何班級都還要早得出確實的結論。

「接下來就由你們討論，並在考試當天得出結論。」

班導真嶋結束了考試說明。

他心想要把剩下的時間分配給學生們，隨後坂柳沒有起身就開始發言。

「這次的考試，我想請葛城同學退場。」

坂柳毫不猶豫地指名。

葛城就這樣閉上眼，雙手抱胸，一動也不動。

「這、這算什麼啊，這樣很卑鄙吧！」

唯一表現出抵抗的就是仰慕葛城的戶塚彌彥。

「別這樣，彌彥。」

但葛城馬上就拒絕了這樣的戶塚。

「可、可是，葛城同學！」

「我打算接受。」

「你似乎沒有異議呢。與其這樣說，倒不如說是你沒有什麼提出異議的空間吧。」

A班大部分人都已經加入坂柳的派系。雖然確實有些學生感到很不愉快，但也不至於會舉旗造反。

為了自己安心且安全地畢業，他們會一直支持坂柳。

只有戶塚一個人盲目地相信葛城，因此只有他試圖反抗。

葛城最了解這是沒有意義的事情。

「那麼舉手表決。不介意在這次的追加考試上成為犧牲的退學者是葛城同學的人，請你們舉起手。」

同學們同時舉起手。

除了戶塚、葛城以及坂柳，三十七名學生全部贊成。

真嶋好像已經預見會變成這樣，而靜靜地撇開視線。

「這樣有關這次考試的事情就結束了呢。」

「這樣沒關係嗎！」

「沒關係，彌彥。」

戶塚直到最後都在抵抗，但葛城完全不打算反駁坂柳。

「我結下的契約現在還在生效。都怪這樣，個人點數才會毫無益處地從A班流向D班的龍園。我會負起責任。」

「可、可是我們不是因為這樣而得到了班級點數嗎！我們並沒有吃虧！而且如果D班也要有人退學，龍園說不定就會被選中！這樣就算葛城同學不退學，契約應該也會無效才對！」

戶塚拚命地組成理論。

「不要以為妳是這個班級的領袖就可以恣意妄為！」

「你給我適可而止，彌彥。」

葛城再次制止獨自越來越生氣的戶塚。

用比剛才還要強烈的語氣。

「葛城同學……！」

葛城即使處在當事人應該最痛苦的狀況下，還是努力地故作冷靜。

戶塚被他這副模樣直擊內心，垂著頭重新坐回座位。

「就我來說，你們繼續說也沒關係喔，畢竟這些意見的發表也很有意思。」

「不用，我對於由我退學的方針沒有異議。」

「這樣啊。那麼，考慮到葛城同學的打算，我們就這麼辦吧。」

A班在不到五分鐘的討論上，就得出了追加考試的結論。

A班就像沒有追加考試似的流逝著平常的時光。

葛城離席，為了獨處而走向走廊。

戶塚理所當然般地為了追上他而跑了過去。

「葛城同學，你真的對退學沒有異議嗎！」

「……這是沒辦法的，這場考試是班上有權力的學生占壓倒性的優勢。我就算掙扎也贏不過坂柳派的批評票。」

「可、可是，應該也有對坂柳心懷不滿的學生，只要把他們集中起來——」

「我至今為止受到你無數次的幫忙，我很感謝你。」

「葛城同學……」

「不過我退學之後，你就跟隨坂柳吧。要是你貿然反抗她，下次被盯上的就會是你，彌彥。」

葛城就是因為很清楚這點，才想避免讓坂柳與戶塚衝突。

「這就是我最後的指示。」

「……唔，咕……！」

因為不甘心而表情扭曲的戶塚只能拚命地點頭。

5

那天放學後。

「我們回去吧，真澄同學。」

「……好。」

坂柳向神室搭話並離開座位。

「聽說櫸樹購物中心推出了新的飲料，我們喝過再回家吧？」

週末同學裡就會有人被退學。

而且那明明是自己指名的學生，她的樣子卻跟平時沒兩樣。

「妳啊……」

「什麼事？」

「……沒事。」

神室改變了想法，覺得光問都是浪費時間。

坂柳理性的判斷很沒有人情味。

就是因為神室也是類似的人，所以她覺得指出這點很可笑。

一通電話打破了她們之間的沉默。

坂柳從口袋拿出手機。

坂柳隱隱一笑，就開心地接起電話。

「你好，山內同學，我才在想你差不多要聯絡我了。」

「妳的癖好還真特別呢……」

坂柳像這樣和山內聊天的模樣，在最近不算是件稀奇的事情。

他們接連好幾天都互通電話，開心地聊著無關緊要的話題。

「今天嗎？好，沒關係，我們見個面吧，不過我接下來有點事，時間上不方便，所以之後再會合吧。」

旁人馬上就能知道這是山內打來的示愛電話。

「我現在正在移動，之後再聯絡你喲。」

她這樣說完，沒幾秒就把電話掛掉。

「因為這樣，所以我晚上要跟山內同學見面。」

「妳似乎頻繁地聯絡山內，妳在盤算什麼？」

「因為他是我在意的人喲。」

「所謂的在意是指喜歡嗎？」

「我喜歡上他很奇怪嗎？」

神室想起山內的模樣，然後左右搖頭。

「這是在開玩笑吧？」

「嗯，我是在開玩笑。」

「我說啊……」

「我正在調教他，看他能不能當作C班的間諜利用。」

「妳說正在調教……不可能這麼容易吧？」

「他的話就不一定了，畢竟我們也被學校告知了很有意思的考試，我正在讓他作為實驗體行動喲。」

坂柳告訴了神室一半的真相，以及一半的謊言。

雖然說她是親信，但既然不是可以完全信任的對象，坂柳說話時就要瞞著該隱瞞的事情。

「今天就先跟他見面吧，妳應該會稍微知道我的目的。」

坂柳想像到接下來的事情，就有點開心地笑了出來。

6

晚上。

坂柳和神室在櫸樹購物中心裡跟山內會合。

為了不讓人看見，他們把卡拉ＯＫ的包廂選做為集合地點。

「今天，那個……小神室也在啊。」

「不好意思，我還是覺得單獨約會讓人很難為情……」

「不、不會，一點也沒有關係！光是可以像這樣約會就很幸福了！」

極度不想被討厭的山內拚命地擠出笑容。

其實他很想跟坂柳獨處並且告白。

他很想之後跟她成為真正的戀人，但還是努力地忍了下來。

「山內同學，這次的追加考試，你沒問題嗎？」

「咦？」

「沒有，如果沒問題就好，只是……」

她刻意稍微停頓。

「假如你被退學的話，也就會變得沒辦法像這樣見面。我就是討厭這點。」

神室對這種裝可愛的態度作噁，但她沒把情緒寫在臉上。

這只是坂柳的遊戲。

要是全都認真應對，可是會吃不消的。

「我、我也討厭這樣！」

「我們的心情是一樣的呢。」

坂柳鬆了口氣並且撫胸。

「如果有什麼傷腦筋的事情，我會陪你商量。」

「可是——」

「我跟你確實互為敵人，但這次的考試另當別論。完全沒有跟別班競爭的元素吧？」

「確實如此……」

「不過，說不定我反而可以幫忙你。」

「幫忙是指……？」

這件事情也閃過了山內的腦海。

「這只是假設……例如像是我把我的讚美票投給你。」

山內聽見這些話，就吞了一口口水。

即使是一張，也會想要盡量擁有別班的讚美票。

這對有退學危機的學生來說，是會非常想要的必要之物。

「妳、妳真的願意陪我商量嗎？」

「如果你很傷腦筋，我就幫助你。」

山內打從心底對這些溫柔的話語感到高興，但表面上還是故作鎮靜。

在山內的生活中，像這樣和女孩子親密聊天是不曾有過的經驗，但被人發現自己沒有戀愛經驗也會讓他感到很難為情。

「我……其實我在班上好像很讓人嫉妒。那個，我很擔心會不會被那些人投下批評票。」

「嫉妒嗎？」

「畢竟可以像這樣見小坂柳的也只有我。」

「是啊，我對其他男生完全不感興趣。」

因成績不好而被當成退學人選，他即使是撕破嘴也說不出口。

因為山內想讓自己看起來很厲害，讓坂柳對自己有好感。

「我知道了，那麼我就傳授一個會得救的祕密策略。」

「祕、祕密策略？」

「是的。請你找到班上大約半數的夥伴，並且勸誘他們入夥。再把目標鎖定在一人身上，把對方逼到退學。」

「不……可是，我要是做出那種事也可能會被盯上……！」

「是啊，任何人都害怕當上主導人。因為要是不謹慎地做出傷害夥伴的舉止，說不定反而會聚集批評票。」

山內點頭同意。

「所以我才要幫忙你。」

「怎、怎麼幫？」

「仰慕我的A班夥伴大約有二十個人，我會呼籲所有夥伴把讚美票都投給你。」

「咦！」

「應該也會有不少同班同學把讚美票投給你吧？如果再加上那些人的話，就算你聚集了三十票以上的批評票，也幾乎可以抵銷。你大概就不會被退學。」

「妳、妳是說真的嗎？」

「當然。可是，就算集中二十票也絕對不能說是可以放下心。就是因為這樣，我才會希望你當主導人，把一名學生逼入絕境。」

「要、要把誰逼入絕境？」

「我想想……當然不能消除對C班有幫助的學生。真澄同學，妳有適合的人選嗎？」

「……綾小路怎麼樣？」

「綾小路同學嗎？雖然我是有聽過名字……」

「啊——呃，他是個沒存在感的傢伙。該怎麼說明才好呢……」

「詳情就不用了，看來他說不定會是很剛好的對象。你應該也沒有跟他特別親近吧？」

「當然完全不親近！只是個同學！」

「那就讓那個人成為犧牲品吧。」

「可是……」

自己想得救的心情撞上了無法把同學當作活祭品的心情。

可是，守護自己的情感遠遠比較強烈，這根本就不需要確認。

「我覺得不論關係如何，捨棄同班同學都會心痛，所以你就別想得太深入了吧。你要想成那是我們擅自決定的學生，而你只是按照這點執行。」

「這麼一來就不會心痛了，對吧？」坂柳對山內微笑。

「考試結束後的下星期一——下次可以跟我單獨見面嗎？到時候我有事情想告訴你，是非常重要的事情。」

「唔！」

這變成攏絡山內的致命一擊。

他自作主張地妄想，把那理解成是坂柳的愛的告白。

為了實現那件事，山內無論如何都必須阻止退學。

重要的是，假如沒有順利執行坂柳提出的作戰，就有可能會被她討厭。

他受到這種想法驅使。

「那麼，就從可能支持綾小路同學的夥伴開始釐清人物吧。因為情報不進到他的耳裡，讓他靜靜地退學才是最好的。」

「我、我知道了。」

「但我要先給你忠告，山內同學。」

「忠告……？」

「請不要跟任何旁人說出我們會把讚美票投給你。如果你隨便說出來的話，就會有被同學憎恨的危險性。」

「確實是這樣……」

如果只有山內待在安全範圍，他很明顯會招人嫉妒或反感。

「我知道了，我答應妳。」

「謝謝。」

「只是……那、那個啊。」

「什麼事？」

「那個，我是完全沒有在懷疑妳啦……但妳真的願意把讚美票投給我嗎？」

「這意思是你想要書面的那種證明，對吧？」

「不管怎麼樣，我都很擔心啊……」

山內單憑口頭約定沒有把握，他會感到不安都是預料之中的事情。

「你是說我會背叛你嗎？我就算做這種事情也沒有好處，但如果你無論如何都無法相信我……就當這件事情沒發生過吧。如果你是連個約定都無法相信的人，那我也必須重新考慮下星期見面的事情。」

「等、等一下！我相信我相信！」

山內拚命地挽留打算作罷的坂柳。

「抱歉，做出懷疑的舉止……」

「沒關係，我了解你會不安的心情。」

溫柔微笑的坂柳告訴了山內最後的忠告。

「還有……如果你今後對我做出竊聽偷拍之類的行為，那瞬間我們的關係就會決裂。我和你就會是敵人。」

「沒、沒問題，我絕對不做那種事！」

「很好。那麼，真澄同學，麻煩妳搜身。」

「咦，我？」

「麻煩了。」

「……我知道了啦。」

神室一副心不甘情不願地對山內搜身。

「開始變得有意思了呢。」

這只是場遊戲。

坂柳心中從最初就決定了結果。

山內回去之後，坂柳跟神室還是繼續留在卡拉ＯＫ包廂。

「還不回去嗎？」

時間剛經過八點。

學生可以入場的時間到九點為止，因此也接近客人要離開店家的時間了。

「我這次的作戰，妳覺得怎麼樣？」

「怎麼樣是指……」

「綾小路同學不是尋常人物的這點有傳達給妳了吧？」

「畢竟，妳對綾小路非常感興趣呢。」

「不只是這樣喲，妳近距離見過他，應該也有感覺到才對。」

即使神室不了解詳情，綾小路也確實是個擁有謎樣討厭特質的學生。

那就是神室對綾小路的印象。

「他很厲害喲。」

「……有那麼厲害啊？」

「葛城同學、龍園同學、一之瀨同學之類的人都不成他的對手。」

「哦？那妳呢？」

「這個嘛，不知道耶。」

「……這好像是真的呢，妳居然會那樣說。」

神室就是因為以為坂柳會馬上說自己能贏，所以才驚訝。

「我當然能贏他，但他的實力深不見底也是事實。不對……有點不一樣呢。或許我有部分是希望綾小路同學會是可以讓我自己覺得贏不了的對手。」

這是連她自己都不曾察覺過的不可思議情感。

「如果可以在他被我親手退學前，看見他認真起來就好了呢。」

坂柳打從心底這麼期盼。

7

這是星期二發生的事情。坂柳從隔天開始也接連地收到了山內的報告。

她設身處地地傳授山內應該如何周旋、如何熬過。

同時下著她放在自己房間裡的西洋棋。

「這樣啊，以上就是會把批評票投給綾小路的人，對吧？」

總共是二十一個人。坂柳很佩服贊同的人數比想像中還要多。

如果是山內單獨行動的話，恐怕不會進展得這麼順利吧。

「山內同學。」

『什、什麼事？』

「拜託櫛田同學擔任仲介角色果然是正確答案呢。」

她是會為了同學而行動的那種人。

『算是吧，就跟小坂柳妳說的一樣。』

這是基於櫛田受到山內拜託便會無法輕易拒絕所做出的判斷。

重要的是，坂柳手上也有幾個關於櫛田的令人在意的情報。

「你在拜託她幫忙的時候，有哭著求她嗎？」

『我、我才沒有做出那麼糗的事！』

看來他有哭著哀求別人呢——坂柳和神室以眼神如此對話。

「那麼，你的交涉方式似乎很完美呢。」

『算是吧……』

「那麼，明天我會主動聯絡你要拉攏誰。」

『我知道了。』

關鍵在於明天星期四。

坂柳判斷接下來就在於要如何擴大規模，把同學拉入山內的陣營。

神室在通話結束之後這麼說：

「那個櫛田居然會幫忙踢下誰啊。」

「如果被人哭著央求，她也不能不幫忙吧。話雖如此，要拉攏這麼多學生也需要相應的話術。櫛田同學這名學生似乎相當能言善道呢。」

坂柳握著皇后的棋子看著神室。

「妳覺得接下來會變得怎麼樣？」

「這樣下去綾小路就會聚集批評票並且退學……可是，如果他真的像妳說的那樣是個強敵，應該就會使出某些招式吧？」

「即使他不知道自己被當作攻擊目標嗎？」

「雖然我不知道會是以什麼方法啦。」

「他總是保持著警戒。就算他現在不知道自己被盯上，但考慮到這場考試的本質，他也無法徹底排除自己會因為某些契機集中批評票的可能性。這麼一來，他就會先下手思考對策。」

「……那個對策是指？」

「就是在所有人面前證明有學生對班上來說很礙事喲。理由是什麼都無所謂，但只要對方越無能，效果就越是立竿見影。」

坂柳想像到不久後的未來，可能會在C班上演的情景。

「例如說，山內同學——他和我合作，並且採取行動打算排除身為夥伴的綾小路同學。如果這種事情曝光的話，他剛好就會成為很理想的人物吧。」

「就妳的角度來看，不論對象是綾小路或山內都無所謂呢。」

坂柳用另一隻空著的手拿起國王。

「不對，我必須讓國王留到最後。」

坂柳正控制著直到終局為止的每一手棋。

8

考試前一天的星期五晚上。即將在明天迎接考試的坂柳人在卡拉ＯＫ包廂裡。

「狀況怎麼樣？」

成員有神室、橋本，外加鬼頭這四個人。

「今天一切好像都曝光了。堀北同學似乎探出情報，並且揭露了我跟山內同學正在合作的事情。情報究竟是從什麼地方外洩的呢？」

坂柳拿起一根薯條送入嘴裡。

一名學生看著她這副模樣，做出了建言：

「坂柳，情報來源是輕井澤。我說過了吧？說過如果要確實地打下綾小路，就最好別把輕井澤拉入山內的小組。」

橋本正義——他是坂柳的親信之一，是曾經以自己的判斷盯上綾小路的學生。

他在那段過程中看見綾小路密會輕井澤，於是就對這次的戰略提出建言。

坂柳曾經欣然接受不拉攏輕井澤的建議，但星期四一到就轉換了方針。

其結果就是招致了今天的事態。

「如果要完美地執行這次的作戰，不是就要讓綾小路直到考試結束都不知道自己被盯上嗎？」

「嗯，我有確實記住你的忠告喲，關於綾小路同學與輕井澤同學有著不尋常關係的可能性。總之，只要她知道的話，情報進到綾小路耳裡的可能性就一定會很高呢。」

就是因為這樣，坂柳才會規矩地把拉攏輕井澤的事情擺在後頭。

她跳過星期二、星期三，刻意選在星期四。

然後就隔天的發展，就可以觀察到輕井澤洩漏給綾小路的可能性之高。

「妳是不是下錯棋了啊，坂柳？」

聽著這段對話的神室也說出這種話。

橋本分析坂柳為什麼會走這麼失敗的一步棋：

「如果攏絡了身為女生中心的輕井澤，就會一口氣聚集投給綾小路的批評票。這樣也是有可能超越目標的二十張票，達到將近三十張票。妳有點太貪心了呢。」

「我原本就知道他們班上會舉行審判，那是早晚的問題喲。」

「不過，要是這件事情沒有曝光，山內可能還有退路呢。」

可以聽見他們各自的意見，坂柳開心得不得了。

「要是知道自己會成為犧牲品，即使是草食性動物也會展現最後的抵抗。不過，我認為就是這樣才有意思。你們就不會想看他會在剩下的時間做什麼、怎麼掙扎嗎？」

「妳是說妳是因為想看他那樣，才故意把情報洩漏給輕井澤嗎？」

「這樣也可以確認你的建議是否正確呢。」

「但綾小路找堀北商量，事情依這個過程也暴露給其他同學了。這樣狀況就會讓人搞不懂了。就算山內會因為收到我們的讚美票而不退學，綾小路的退學也會變得並非絕對。我已經完全無法想像誰會退學。」

「把對綾小路投下批評票的約定限於口頭約定，應該也是個失誤吧？知道今天暴露出來的事情，會有幾個人反悔不投給綾小路呢……」

投給綾小路的批評票將會驟減，投給山內的批評票則會增加。

但山內會收到A班的二十票，並且逃離窘境。

這麼一來，就看不見最後是誰會拿下多數的批評票。

坂柳聽見橋本和神室這樣分析，便笑了出來。

那是坂柳已經看見的結果。

而神室、橋本、山內他們都還沒看見的結果——

坂柳的腦中浮現了結局。

她把電源關閉的手機拿了出來。

打開電源後，就收到了山內糾纏不休的來電與郵件。

關於A班擁有的多張讚美票的去向。

他應該非常不安，心想那些票是不是真的會投給自己吧。

「我有件事忘記告訴大家，是有關山內同學的重要事情。」

坂柳這麼說，一點也不害臊地道出了忘記傳達的事情。

退學者們

考試當天，星期六的早晨終於到來。

所有班級的狀況幾乎都固定下來了吧。

A班是葛城，而D班是龍園翔。

B班是基於不出現任何退學者的想法在行動。

當然，上述人選既可能沒半個人被退學，也可能全數遭到退學。

直到結果出爐為止，大概都不會知道吧。

就算打算把誰踢下去，只要集中別班的讚美票，安排好的計畫就會亂套。

重要的是從現在這個時候開始。

我也並不是百分之百處在安全範圍內。

這場考試不可能會有絕對的保證。

大家要到教室集合的時間就跟平常一樣，考試是從九點開始。

現在時間剛過八點半。

安排一些緩衝時間給我們，應該是校方的顧慮……不對，應該是目的。

這是讓學生們直到最後一刻都疑神疑鬼的招數。

「結果你什麼也沒做嗎？」

「做什麼？」

「我是在問你就算自己身處危機也要繼續當個旁觀者嗎？」

「我看起來有做了些什麼嗎？」

「……表面上看不出來。」

「那就是答案了。這次我什麼也沒做，倒不如說妳還救了我。」

「要是你這樣還被退學，那可就不好笑了。」

「雖然我覺得就算我有像妳那樣抵抗，結果還是被退學，那也一樣很不好笑呢。」

這說不定會是我們倆鄰居的最後交談。

「是啊。」

堀北簡短回答。

並且就這樣乖乖地迎接考試。

雖然我原本是這麼想……但到最後關頭狀況又有變化了。

「各位，我希望你們聽我說。」

是平田。他昨天與堀北展開一場唇槍舌戰，但其實他也沒什麼辦法。

他只有茫然地說出會把票投給堀北。

當然，堀北說不定會失去部分崇拜平田的學生的票數。

但這就致命一擊來說大概很無力吧。

C班裡，大家對堀北的評價相較之下比較高。

雖然毫不膽怯的說話方式也很帶刺，但應該同時讓人覺得可靠。

「聽了昨天堀北同學說的話，也聽了其他所有人的意見，我用自己的方式得出了一個結論。這次的考試……要把批評票投給誰才是最大的焦點，對吧？」

平田沉著冷靜。

「難道他還打算說些什麼？」

「應該吧。」

否則他就不會打算在這個最後關頭發言。

「這是白費力氣呢。他毫無對策，只能說出那種要把結論往後延的話。」

不，這很難講吧。

我可以看見平田的眼神中有某種決心般的意志。

「首先，我想對我昨天說要把批評票投給堀北同學的事情道歉。」

我還以為平田要說什麼，結果是要為自己的無禮向堀北低頭道歉。

「你應該沒必要道歉，你到底打算做什麼？」

「妳對班上來說是個必要的學生，我只是這麼判斷而已。」

「既然這樣，你有找出自己認為誰是不必要的學生了嗎？」

「嗯，我找到嘍。」

堀北面對如此斷言的平田欲言又止。

「……可以告訴我是誰嗎？」

「我接下來會說出來。」

平田從自己的座位上開始慢慢移動，然後站在講台上。

正好就像是昨天堀北做過的那樣。

「我最喜歡這個班級了。我認為所有人都是必要的存在。不管被誰說了什麼，這個結論都不會改變，可是我也已經知道那樣不會解決問題。」

這就是平田煩惱到最後得到的答案。

應該和我昨天聽到的那些話一樣吧。

「我希望各位——在批評票上寫上我的名字。」

平田說出了如我猜想的話。

「我、我怎麼可能做出那種事情！」

小美這麼喊道，其他女生們也接連出聲。

「就算我退學也沒關係。我覺得自己現在已經有如此的覺悟。」

「我還以為你要說什麼……你瘋了嗎？」

明明就這樣隨平田發言也無所謂，堀北卻還是不禁激動地說話：

「就算你再怎麼選不出退學者，難道你就真的打算貫徹自我犧牲嗎？」

「堀北同學妳說過吧？妳說如果有學生希望自己退學事情就解決了。」

「那是——」

「所以就由我來當候選人。」

「這個班上沒有學生會打從心底希望你退學。為了解決糾紛，而少掉你這個統籌班級的角色，這樣也太愚蠢了。」

「即使如此，我也無所謂。」

C班裡已經可以說是變得一團亂了。

因為就算誰要踢下誰也都不奇怪。關鍵點已經開始從批評票會投給誰，轉移到誰會收到讚美票。

如果少掉平田的話，之後考試的難度都會飛躍性地提昇吧。

這是會失去班級核心人物的風險。

「我怎麼可能把批評票投給平田同學。」

篠原還有女生們都異口同聲地擁護平田。

每次大家這樣，平田的心裡都會很受傷吧。

「就算袒護我也不會有好處，因為我已經開始討厭你們了。」

雖然語氣上就像平時的平田，但他說出的話卻很嚴厲。

「所以我希望你們讓我解脫。」

「我……我會投給平田的！」

如此喊叫的人是山內。

「就算是為了平田，我也認為該這麼做！」

他繼續這樣喊道。

「原來如此，這是山內同學以他的方式做出的最後抵抗呢……」

山內恐怕在昨天之內接觸過平田。

然後應該懇求、央求過平田自己不想退學吧。
這說不定也是平田會堅定退學意志的理由之一。
漫長的沉默後，茶柱來到了教室。
「那麼接下來開始班級投票。被叫到名字的學生，請依序移動到投票室。」
看來不會是大家在教室裡同時投票。
因為彼此之間也不是不可能會偷看呢。這應該是徹底匿名的應對吧。
好啦，結果會是如何呢……？

1

A班。結果公布的星期六，每個人都冷靜地等待著這個時刻。
他們在追加考試發表的階段就決定了退學者。
沒有任何人對此提出異議。
真嶋隨著宣告考試結果的鐘聲進了教室。
這個總是很冷靜的男人，就算迎接今天也沒有任何想法。

不對，他是試著不讓自己有想法。

這是他作為教師赴任高度育成高中的第四年。

他一路見過好幾次學生退學。

「接下來，我要公布追加特別考試的結果。首先是集中最多讚美票的學生……第一名是坂柳。妳得到了三十六票。」

「我完全沒想過自己會被選上呢，謝謝。」

她客套地回答。幾乎全班都給了她讚美票。

「接著……我要發表從班上聚集最多批評票的人。雖然我想你們都已經了解了，不過這會以在此被唱名的學生受到退學的形式進行。之後就會請該名學生整理行李，跟我一起去一趟職員辦公室。」

他們沒有喊叫或吵鬧。

A班的學生們只有嚴肅地等待退學者的名字被叫出來。

「——最後一名是，集中三十六張批評票的學生。」

他有一瞬間沉默下來。

接著——

「戶塚彌彥。」

名字被老師說出來。

一名學生的名字響徹了寂靜的教室。

「怎麼可能，這是怎麼回事！」

結果發表後，葛城就馬上激動地出聲並且站了起來。

「葛、葛城同學……咦，為什麼，咦……？」

戶塚自己也難以置信地看著葛城的臉。

考試結果是班上投給了戶塚壓倒性多數的批評票。拿到三十六票導致退學。

接著所有學生的讚美、批評票結果都同時被發表了出來。

葛城在戶塚的前面一名，他的結果是三十張批評票。

「這是怎麼回事，老師？該退學的明明應該要是我——」

「結果無誤。」

真嶋語氣冷靜地回覆葛城的詢問。

一名少女彷彿要改變這種讓人無法理解的狀況而開口：

「葛城同學好像把讚美票投給你，真是太好了呢。」

於是葛城就理解了情況。

理解這不是因為某種失誤而發生，而是設計好的。

「等等，坂柳！不是應該讓我退學嗎！」

「讓葛城同學退學嗎？你從一開始就不是目標喲。」

她果斷地斷言。

「別開玩笑。妳明明就確實說過，說要把我踢下！」

「話說回來，好像是吧？我說要把你踢下……那是在騙人的。」

坂柳溫柔地微笑，看起來一點也不覺得自己有做錯什麼。

「為什麼……為什麼！」

「答案很簡單。因為戶塚同學沒有對A班帶來任何好處。另一方面，葛城同學你的腦筋轉得快，運動神經也絕對不算很差。兼具冷靜的你算是很可以派上用場。沒有笨蛋會在這場完全是為了要處理非必要同學的考試上捨棄優秀的人才。」

「咕！」

但坂柳的目的不只是這樣。

跟隨葛城的學生原本就不只有戶塚。就算是在毫不留情地處罰叛徒，這種殺雞儆猴的意義上，戶塚的退學大概也會給A班帶來重大的影響吧。

她把如果幫助葛城就會率先受到處罰一事深植在大家的心裡。

「妳為什麼要做出這麼拐彎抹角的事情……」

「盡量迴避風險不是理所當然的嗎？這場考試上握有許多讚美票的是別班。如果戶塚同學靠自己的力量集中讚美票，那不論A班多想要讓他退學都沒辦法。」

也無法完全斷言別班不會出現因為一時興起而打算拯救戶塚的動作。

但如果先選中葛城的話，任何人都不會打算把讚美票投給戶塚。

「辛苦你了，戶塚同學。離開這所學校後，也請你保重。」

「唔，咕、咕……！可惡、可惡……！」

面對崩潰地彎著身的戶塚，葛城就連去跟他搭話都辦不到。

原本的話，戶塚應該會對葛城沒被退學感到非常喜悅。

但現在變成自己要退學，那種事情已經都無所謂了。

倒不如說，他甚至還會心懷怨恨，覺得為什麼不是葛城，而是自己。

如果葛城退學的話，戶塚彌彥就可以留在A班。就算覺得不服氣，也會跟隨坂柳畢業，然後成為勝利組。

雖然也會感到很抱歉，但他還是在心裡隱隱地想像起自己的未來。

但那一切都因為突襲而失去了。

「兩千萬點的補救——你們應該沒辦法執行吧。」

「嗯，就算加上我們所有的點數，也很遺憾地無法抵達那數字。」

「戶塚，可以顛覆這項決定的方法……已經不存在了。」

班導真嶋也一邊隱藏心裡的傷痛，一邊如此告訴他。

「…………」

戶塚不知該說什麼，只能緩緩地點頭。

「我先把戶塚帶去職員辦公室。之後行李我會來整理。」

作為最低限度的著想，真嶋這麼說，要求戶塚離開教室。

因為在退學決定下來的狀況下，繼續留在教室也只會感到心痛。

「對了，真嶋老師——我可以問一個問題嗎？」

「什麼事，坂柳？」

坂柳叫住了打算帶著戶塚離開教室的真嶋。

真嶋指示戶塚在走廊上等他，讓他先行離開。

「這次的考試戶塚同學成了悲慘的犧牲者……不過別班學生也已經決定好是誰要退學了吧？」

「目前還是暫定的。一旦決定之後，結果就會張貼在一樓的布告欄上。」

「視那些結果而定，難道不會有給葛城同學帶來影響的疑慮嗎？」

「妳在說什麼呢，坂柳？」

「我只是問來當作參考。」

真嶋也跟葛城一樣，一時之間無法理解坂柳的話。

他們沒有考慮那種「萬一」的可能性。

不過真嶋看見坂柳無畏的笑容後，就改變了想法。

「……不管是誰退學都不會有影響。『那個』不是那種東西。如果會有影響的話，妳大概也無法輕易讓人退學了吧。」

「確實如此呢，謝謝。」

真嶋出教室後，葛城就靜靜地逼近坂柳。

橋本與鬼頭急忙站起，堵住葛城去路地擋著。

這是為了阻止萬一發生的暴力行為。

但坂柳在葛城說話前就先動作了。

「你恨我很不合理喲，葛城同學。這是一定有人必須退學的考試。不論是你還是戶塚，都必須真心地接受才行。因為投票的不是別人，就是在這裡的A班學生們。」

「……我知道。」

葛城從一開始就沒有預定做出暴力行為，他只是打算對坂柳表示不滿。

可是，他卻被坂柳挫了銳氣。

「那就好。我不希望你今後自暴自棄扯A班的後腿，但萬一……如果你做出報復A班的行為……」

「我說過我知道了吧？別再做出盯上其他學生的舉止。」

「你很好商量，真是幫了大忙。」

假如葛城因為戶塚被退學的怨恨而對坂柳露出敵意，下次她就會把戶塚之外的某個人從A班排除。這就是這種威脅。坂柳很清楚葛城乖乖服從的話，他即使在A班也是個可以做出前段貢獻度的人物。

這樣葛城就會完全屈服。他會束手無策地對坂柳舉起白旗。

「那麼——別班現在變得怎麼樣了呢？」

當然，對坂柳來說，B班或D班之類的都不值一談。

她只對綾小路隸屬的C班的結果期待得不得了。

2

C班。

山內喀噠喀噠的抖腳聲顯得格外刺耳。

「喂……安靜一點啦，春樹。」

池輕聲提醒。

「囉、囉嗦耶，我知道啦。」

「呵呵呵，反正你的敗北似乎是注定的呢，不是嗎？」

「什麼啊。你在說什麼啊，高圓寺？我才不會被退學。」

山內慢慢往後回頭，毛骨悚然地笑了出來。

「這個班上應該有相當多的學生寫上了你的名字喔。」

池和須藤幫不了被高圓寺煽動的山內。

「沒那種事，這次要退學的是我。」

「你還在說那種話啊？你什麼都看不見呢。」

「……這是什麼意思呢？」

高圓寺無畏地笑著拿出手機。

「班上有好幾個女生傳了訊息到我這裡喔，訊息是這樣寫的——『我覺得明天平田同學打算犧牲自己退學，雖然他可能會說大家的壞話，或是表現出過分的態度，但那都不會是真心的。請各位相信他，並且只對他投下讚美票』。除了你跟山內同學之外的人應該都收到了吧？」

平田靠近高圓寺瀏覽手機畫面。

「許多學生看見這種訊息都會感到同情，因為你為了班上行動的這一年並不是幻影呢。倒不如說，你這樣還會增加讚美票吧？」

「怎麼會這樣……」

平田在批評票擠進前段的發展已經消失了。

會因此慌張的人，當然就是置身在退學危機的學生。

「你還真冷靜呢，簡直像是已經看見了結果。」

「妳也知道吧？」

「即使如此，我也沒辦法像你這麼毫無顧忌地等待呢。要是沒有相當的把握，心裡還是會有不安。」

「會發抖等著結果的也就只有他了。」

幾乎所有學生的視線都望向山內的背影。

山內承受這些視線，會回答什麼呢？

山內慢慢站起來，轉頭看向高圓寺。

那張表情上隱約可見他勝利的機會。

「……哼。」

山內對這樣的高圓寺哼了一聲。

「就算我把事情說出來，應該已經沒關係了吧……會退學的不會是我。」

「哦？讓我聽聽理由吧。」

「好啊，我就告訴你。」

他已經無法忍受被人恣意地評論。

「這裡有幾個人對我投下了批評票？二十個人？三十個人嗎？我明明沒有背叛你們，這種態度真的很過分！但是沒關係，我會原諒你們。」

他開始傻笑，並拍了附近池的肩膀。

「抱歉啊，寬治，讓你這麼擔心。」

「嗯、嗯嗯。」

池搞不清楚狀況，只能點點頭。

「這個班上不是有好幾個退學人選嗎？我、寬治、健、高圓寺，外加綾小路。雖然大概是這樣，但那些傢伙又可以拿到幾張讚美票呢？我可是很擔心呢。」

「這種說法簡直就像是你拿得到大量的讚美票呢。」

「是啊，事實上我就是拿得到。」

「就算跟你要好的朋友因為同情而投你讚美票，頂多就是四五張。那樣也稱得上是Safety zone嗎？」

「夠了，光有這樣就很足夠了。哈、哈哈……沒錯，那是沒用的，沒用的啦。」

山內浮誇地猛然舉起手臂。

「我啊，已經跟小坂柳約好會收下二十張讚美票。總之，就算班上大部分人都投我批評票，我也不會退學！」

領悟到再隱瞞也沒用的山內決定秀出他的計畫。

「所以不管幾個人寫都沒用……我正受到A班的保護！」

投票已經結束了。

山內和坂柳做出這種約定應該是事實吧。

假設從C班收到五票，從A班收到二十票的話，山內最後的結果再怎麼糟糕，批評票也只會到達九票。

如果是這種結果，他大概就確實不會退學。

我跟高圓寺，或是僅次山內被列舉出的須藤跟池就會很危險。

「既然這樣，你有必要這麼不安嗎？」

山內微微地發抖，表現得很不沉著。

證明他心理上非常不安。

「這是……」

「如果你要跟敵人做約定，那你有確實結下契約嗎？這可是交涉的基本喔。」

「不、不是，我就說那是……」

「通常口頭約定的結果都會毀約。Little girl才沒那麼溫柔。」

「那種事情我知道！可是沒問題啦！」

山內根本不可能聽進高圓寺的話。

山內已經只能相信自己會得到讚美票。

他昨晚一定跟坂柳確認過了好幾次。

「哎呀呀，這樣還真令人放心呢。我對你投下的批評票就會沒有意義了，是嗎？」

「沒錯。沒意義，沒意義的！」

「安靜，山內。連走廊都聽得見你的喊叫聲了。」

茶柱在這個時間點來到C班。

「久等了，我接下來會進行C班的結果發表，所有人就坐。」

審判的時刻終於到來。

不久之後，這個班上就會有一名學生被退學。

那有可能是告訴自己沒問題的山內。

被宣告是僅次山內的退學人選的須藤跟池。

冷靜等待著的平田。

一如往常的高圓寺。

還有靜觀其變的我跟堀北。

或是除此之外的某個人。

「那麼，首先我要從讚美票的前三名開始發表。第三名是——櫛田桔梗。」

櫛田在前段陣容裡被叫到名字，就放心地吐了口氣。

昨天被山內當作攻擊目標的事情，似乎反而導致了集中讚美票的結果。

如果考慮到她受到同學仰慕的這點，這也是理所當然。

「接著……第二名……」

茶柱步調有點慢地將結果唸出。

連我也無法徹底預測結果會是如何。

「是你，平田洋介。」

「唔！」

平田在自己的名字被叫到的瞬間，就閉上雙眼並且抬起頭。

他在同學面前表現的醜態，也沒有連結到重大的負面影響。

平田在這一年就是有如此不辭辛勞地盡力付出。

尤其女生對他的信任應該非常深厚吧。

就算我沒有事前安排讓惠去傳訊息，這件事情也幾乎不會有所動搖。

「可、可是啊，平田是第二名……那第一名會是誰啊？」

原本預計是平田跟櫛田兩人會在最前面。

雖然第三名與第二名都非常符合預期的期待，班上卻還有一個壓制他們的人物。

「——第一名是……」

茶柱在唸出名字前笑了一下。

我暫時閉上了眼。

「是你，綾小路清隆。」

果然變成這種結果了嗎？

「為、為什麼！」

最先有所反應的是本應角逐最後一名的山內。

「這是不是跟批評票的第一名弄錯了，老師！」

「沒有，他無庸置疑就是讚美票第一名。他有四十二票這種漂亮的結果。」

全班都對超越一個班級人數的讚美票感到驚訝。

「你做了什麼……」

隔壁的堀北也藏不住驚訝。

「我說過了吧，我什麼也沒做。」

做了些什麼的全是坂柳一人。

「然後，批評票第一名，獲得三十三票的學生——很遺憾，就是你，山內春樹。」

他再次被打下山崖。

他就這樣保持無法理解的狀態被宣告了退學。

「三、三十三票！」

這下子就幾乎證明A班沒有給他讚美票了呢。

第二名是須藤的二十一票，第三名是池的二十票。

可以知道他的朋友們也絕對不在安全範圍內。

「不要！為什麼、為什麼我就非得退學啊！」

山內甩開了靠過來的茶柱的手臂。

「……春樹……」

身為朋友的池、須藤也只能低垂著眼。

他們應該也是一面想設法讓他留下來，一面等待著結果出爐吧。

而且也同時深切感受到才對。

感受到如果山內沒有被踢下，就不知道自己會變得怎麼樣。

「為什麼、為什麼為什麼！為什麼啊！在這種亂來的考試、亂來的考試上！」

「要怎麼想都是你的自由，但這個決定可是無法取消的喔，山內。」

「吵死啦～～～～～！」

他用盡全身力氣大吼。

對難以接受的現實咆哮。

「對了，請、請妳去問坂柳！她說過要投給我讚美票！不遵守約定是可以被允許的嗎！」

「你有證據表示你們有明確的約定嗎？」

茶柱這麼問。

「我們約好了啊！就在卡拉ＯＫ！我可是這樣聽到的！」

「我很想相信你，但這樣不構成任何證明。」

「好過分，好過分啊……！」

「離開教室，山內。」

他就算被這麼告知，也不打算動身。

「趕快離開教室吧，你的存在已經被Delete了喔。」

「我還沒認同呢！」

「所以說，你直到最後一刻都是悲慘、醜陋且無可救藥的瑕疵品嗎？」

山內對於高圓寺糾纏不休的煽動與挑釁斷了理智。

「啊啊啊啊啊啊啊啊啊啊啊啊啊啊啊！」

他緊握自己剛才坐的那張椅子往高圓寺突襲。

高舉著雙臂往高圓寺的頭部砸下。

如果被直接攻擊的話，不會只有疼痛就解決，但高圓寺沒有天真到被單調的攻擊打中。

他輕而易舉地抓住椅子的腳，阻止山內打下來之後，就強行把他拉了過來。

「你對我釋出了殺意，所以不管被我做了什麼都不能有怨言喔。」

山內的表情僵住了。

「到此為止。」

茶柱察覺到高圓寺的危險氛圍，於是阻止了他。

高圓寺聽見這句話，就迅速地放開椅子。

「不要再鬧下去了，山內。這也是為你好。」

同學投以悲痛的眼神。

憐憫的視線。

山內心中的某樣東西逐漸崩壞。

「唔、唔啊啊啊啊！」

他當場癱坐下去，發出可以理解成是哭聲或慘叫的叫聲。

「……離開教室吧。」

山內再次被茶柱這麼說，便不再做最後的抵抗。

3

少了一人的教室。

這和平常的教室果然非常不一樣。

鬱悶的氣氛、不暢快的心情。

不論是誰退學，這點一定都不會改變吧。

如果還是非要有人消失的話，當然就必須決定優劣。

對班上來說，誰是必要的學生。

對班上來說，誰是不必要的學生。

我們必須決定這些事。

某個人離開了座位。

以此為開端，大家都沉默地踏上了歸途。

中間夾著一天休假，我們到了星期一又會在這個教室露臉。

到時就不會有山內的身影。

「他的狀況比我想的還要嚴重呢。」

所謂的他，當然就是指平田。

平田愣愣地坐著，一動也不動。

自從山內消失之後，平田就一直處於半恍惚的狀態。

「平田同學……那個……」

擔心他的小美小心翼翼地叫他。

但平田只有稍微看過去，沒有打算說些什麼。

平田現在對這個班級有什麼想法呢？

雖然這只有他本人才知道，不過也只能請他往前看了。

不忍看見平田這副模樣的學生們都慢慢開始收拾回家。

須藤跟池也靜靜地離開教室。

『今天我們也先安分一點吧。』

所有人都對波瑠加傳來的訊息表示同意。

「回去吧。」

我拿著書包打算離開教室。

然後在還留在教室的高圓寺的面前停下來。

「怎麼了，綾小路boy？」

「沒想到你會為了班上行動。」

「當然啊。就我的立場來說，為了避免退學，我當然會協助堀北girl。」

「我不是指那件事情。你糾纏不休地煽動山內，一手接下被他怨恨的角色，對吧？」

如果要退學的話，山內就會憎恨同學。

但高圓寺始終比任何人都更接連不斷地煽動山內，讓他只把自己當作仇恨的對象。

親手處理被告知退學而明顯失去理性的山內。

雖然在周圍的眼裡，他看起來可能只是個討厭的傢伙。

「哎呀，我可不記得呢。我只是想在最近的距離觀看醜陋消散的他。」

「是嗎？那我就先當作是這樣。」

我離開教室，堀北就馬上追上來抓住我的手臂。

「綾小路同學，你……是從什麼時候開始看到什麼地步的？」

這場考試，我在坂柳來提出停戰的時間點，就認為自己有九成以上沒有退學的擔憂。那傢伙很明顯不會想著靠暗算來贏過我。就算利用停戰這個謊言把我逼到退學，她也不可能會感到高興。

另一方面，她卻利用山內採取行動，打算把我逼到退學。

總之，即使她違背約定也不足為奇。換句話說，這樣就會產生矛盾。

為了消除這件事，她必須做出足以讓批評票無效的事情。

換言之，就是將A班大部分要投給別班的讚美票投給我。

藉由這麼做，即使C班的批評票有二三十票集中在我身上，我也會一口氣進入加分的領域。我就會處在絕對性的安全範圍。既然這樣，她是為了什麼才做出這種事情呢？那大概就是為了把山內春樹逼到退學吧。透過把山內塑造成壞人角色，並讓他在C班裡的評價下降。當然不能說百分之百就是如此。雖然只有些微的可能性，但我也無法徹底消除坂柳想出奇不意地攻擊，並把我

逼到退學的可能。

所以我才會教唆堀北，並且選擇埋葬山內的手段。另外，藉由讓周圍知道人畜無害的我快要被踢下去，也會連結到集中同情或保護的讚美票。雖然變成第一名有點太超過了呢。

「我沒說過嗎？我沒有明確地參加這次的考試。」

「……可是……」

「我要回去了。」

「綾小路同學！」

佇立在原地的堀北喊道。

「難道不是你嗎……？把山內同學和坂柳同學的關係告訴哥哥的人。」

我下了樓梯，沒有回應這個問題。

我去窺伺一樓公布欄。

上面記載著別班這次的考試結果。

班級投票結果

退學者

A班　戶塚彌彥
B班　無
C班　山內春樹
D班　真鍋志保

以上三名。
沒有班級點數因為這場考試而有所變動。

「是彌彥嗎……那傢伙說出葛城的名字果然是假動作啊。」
相較於批評票的結果，讚美票第一名在A班是坂柳，B班是一之瀨，D班則是金田。金田是二十七張讚美票，拿下了票數最少的第一名，相較之下一之瀨則是最優異的九十八票。從大部分A班學生都把讚美票投給我的結果來看，就可以知道有多少學生對一之瀨有好評價。
某個學生現身，似乎是為了確認這場考試的結果。
他是葛城。然後龍園也幾乎同個時間出現了。
「你也沒退學啊，葛城？」
「……那才是我要說的話，我以為你才會消失。」

「呵呵，看來死神願意站在我這邊呢。」

「你說死神？」

「別放在心上，因為你是看不見那個死神的。」

龍園笑了笑，就看了結果。

「不過坂柳那傢伙還真是使出了有意思的招數耶，她居然刻意拋下你唯一的夥伴。」

葛城在愉快地說著話的龍園身旁露出不甘心的表情。

「你的鬥志已經完全被摘除了嗎？」

「我就算繼續隨便動作也沒有任何好處。」

「你到畢業為止都要老實地跟隨坂柳嗎？這玩笑還真有趣。」

「…………」

一陣短暫的沉默。

可是，葛城的表情有股毛骨悚然的氛圍。

一直仰慕著葛城的彌彥脫隊了。

同時，這對葛城來說不外乎就是少了個該保護的人物。

「什麼啊，葛城，你也會露出那種表情啊？」

龍園看見他的樣子，說不定也有了跟我很相似的感想。

「你現在的樣子似乎也可以騙過坂柳喔。」

「……玩笑就免了。比起這個，倒是你打算怎麼做？這是條死神撿來的命吧？你還會去對坂柳、一之瀨、堀北挑起勝負嗎？」

「我沒興趣。」

他立刻這樣吐露想法。

「我和你們A班的契約還生效著。我會低調地繼續搾取點數，然後再隨便玩個一陣子。我今天就是想來跟你答謝呢。」

所以，這場面似乎是因為這樣才被安排。

因為從龍園看來，葛城退學的話，契約也就會撤銷了吧。

葛城好像先行一步回了宿舍。剩下我跟龍園。

「稍微借個時間吧。」

我沒有拒絕，就這樣讓龍園帶頭，一起走向校舍後方。

「你是從什麼時候開始變好人的啊，綾小路？」

「我什麼也沒干涉——但你似乎不是這樣就說得通的對象呢。」

我做了些什麼，龍園應該早已看見了才對。

「比起我做了什麼，這也只是仰慕你的傢伙們展開了行動。」

我想起幾天前的事情般地仰望天空。

4

這次的結果上，B班沒有出現退學者，而且龍園也留了下來。

我在背後干預了這兩個重大事件。

這就要回溯到我在圖書館見日和，並把一之瀨叫來我房間的那天晚上。

我房間的門鈴在半夜超過十點時響了起來。

很少朋友會來拜訪我的房間。

這會是堀北、櫛田，還是綾小路組的某個人呢？

但大部分的情況，他們都會傳訊息或郵件事先聯絡。

然而我的手機沒有收到任何聯絡。總之，意思就是不是那類客人。

來訪的究竟是誰呢？

「……是初次登門呢。」

對講機裡顯示出來的是我始料未及的雙人組。

他們好像很冷，正等著我的應對。

「門禁……好像只有上面的樓層才有。」

原則上，晚上八點之後禁止進入女生的樓層。

不過就算違規，只要不敗露就不會變成重大事件，而且就算被抓到，只是一兩次也不會有嚴懲等著我們。無論如何，女生過來在規則上是沒有問題的。

「來了。」

雖然就我來說，我並不歡迎他們，但我還是決定像平常那樣對應。

「……我有點事情要說。」

男生那方這麼開口。他窺伺攝影機，畫面便映出了他的眼睛特寫。

再怎麼樣感覺也不像是要透過對講機來談。

「等一下。」

我前往玄關打開門鎖。這時門被猛然地打了開來……D班的石崎進了我房間。

他這種氣勢搞不好還會撲上來打人。

「打擾了。妳也趕快進來啦，很冷耶。」

「就說為什麼我要……」

跟他同樣是D班的伊吹這樣表示不滿並且現身。

「好啦，快點。」

「真是的。」

她被石崎催促般地進了玄關。

刺骨的冷風確實會吹進來，所以我趕緊把門關上。

在玄關的話，我覺得也會吹到從門縫透進來的風，所以就進來了房間。

「所以，你們這麼晚有什麼事？」

我這麼詢問後，石崎就氣勢滿滿地雙手合十。

「拜託你，綾小路！請你告訴我可以不讓龍園同學退學的方法！」

「……什麼？」

他們兩人才在半夜不請自來，結果馬上就做出不得了的請求。

「我有聽錯嗎？你可以再說一次嗎？」

「我是說啊！請你告訴我不讓龍園同學退學的方法啦！」

看來不是我聽錯。

「別這樣啦，石崎。綾小路怎麼可能幫忙啊？」

看來伊吹跟石崎不一樣，不是來拜託我的。

「是沒錯啦，但我只想得到綾小路了嘛。」

「誰管你啊。啊，我只是被石崎硬抓過來，因為他的電話非常煩人……」

她這樣說完就嘆了口氣，傻眼地出示手機的畫面。

石崎的來電紀錄高達五十通以上。

「我怎麼能自己去求人啊！他可是敵人喔，敵人！」

「就算有我在場也一樣吧？你真的很笨耶。」

「吵死了……」

石崎和伊吹對彼此發牢騷。

「你們應該也不可能是龍園送來的刺客吧。」

如果這是在演戲的話就太厲害了，但應該並不是那樣吧。

「怎麼可能啊？龍園同學……你也知道他不可能拜託我們這種事情吧？」

「也是。」

龍園已經以敗給石崎的形式結束統治。

事實上，他要退學的意志似乎也很堅定。

就算他不打算退學，也不會來拜託我。

因為龍園不可能對這種恥上加恥的事情感到高興。

「所以你真的不希望龍園退學嗎？你應該也有各種想法吧？」

「……這個嘛……以前是發生過很多事。可是，現在不一樣啦。」

「你是指什麼？」

「啊？什麼指什麼？」

「我是說，那現在有什麼不一樣。」

「妳也懂龍園同學對D班來說是必要的人物吧！」

「我不懂耶。你以為我因為他吃過多少苦啊？」

他們似乎真的毫無共識就來拜訪了我。

真不知該說他們是沒有互相溝通理解還是怎麼樣。

「總之，你們要吵架之後再吵吧。」

兩人停止互瞪。

「啊——好想回去。」

兩人的意見不合。尤其是伊吹就這樣擺著兇惡的表情。

「別說什麼想回去啦，妳也來說服綾小路啦。」

「我不要啦。」

「要吵架去別的地方吵。」

話題遲遲沒有進展的跡象，所以我決定主動問問。

「龍園被班上討厭——從外界看來是這樣，應該沒有錯吧？」

「算是吧……可能滿多人都很討厭他。」

「與其說是滿多，倒不如說是幾乎全部了吧。你在這種地方說謊也沒意義吧？」

「囉嗦耶！這邊說是『滿多』也沒關係吧！」

「啊——吵死了吵死了。是說，你會噴口水，不要叫啦。」

「我說了，要吵架待會兒再吵。」

他們在狹窄的房間裡吵鬧的話，聲音也會傳到隔壁房間。

我有點生氣地說完，他們兩個總算稍微冷靜下來了。

他們好像理解這裡不是他們受邀而來的地點。

既然這樣，我們就可以繼續話題了。

「要阻止龍園的退學是件很胡鬧的事情。」

我沒有採取話中有話的表達方式，而是直接告訴了他們。

因為我認為這樣比較能好好把意思傳達給這兩個人。

「我想也是呢。」

伊吹點頭表示理解。

不過，石崎沒辦法這麼簡單就接受。

「這點你就不能想點辦法嗎！」

這股氣勢是貨真價實的呢。他想拯救龍園的心情似乎無庸置疑。

「你是認真想阻止龍園退學呢。」

「……對。」

除了我跟伊吹這些少數人，很多學生都認為石崎很討厭龍園。

這當然也是因為發生了我跟龍園之間的那件事，但石崎至今也受到了龍園的諸多欺負。他應該不想對我低頭，這次居然不惜來拜託我也想救龍園。

這大概也是他們在這一年的時間內培養出的感情吧。

不過，如果這是場光憑感情就有辦法解決的考試，那誰都不用辛苦了。

我似乎有必要淺顯易懂地向石崎說明為什麼很困難。

「我覺得很亂來的理由大略上有兩個。這次的追加考試，是取決於班上的批評票票數。就算你跟伊吹，假設還有兩三人不對他投下批評票，並且把讚美票投給龍園，他的批評票也可能超過三十張。因為其他人應該也都不想要退學才對。」

「可、可是啊，認為少了龍園的力量可以贏的學生並不多。」

D班中確實也有學生認同龍園的實力。

然而，只是這樣還太薄弱了。

我們通常無法反抗自己或許會退學的風險。

「因為瞄準討厭鬼龍園，是最不會讓人心痛的呢。」

伊吹指出的這件事是對的。

「就算最壞的情況是不能升到前段班，但大家還是會想要安全地走到畢業吧？因為不管是誰都想避免拿到高中輟學的頭銜。」

他們班上恐怕已經進行過這種討論才對。

石崎的臉上就是這麼寫著的。

「你被當成對龍園造反的代表人物，應該都已經聽說了吧？」

石崎點頭。石崎表面上應該也有表示出贊同的態度。

「伊吹、阿爾伯特，還有椎名。我認為這三個人之外的所有人都贊成龍園同學的退學。」

「再怎麼看都無路可走了吧？」

「嗯，無路可走了呢。」

而且還是徹底的死局。

「所以我才會來拜託你。拜託贏過龍園同學的你……」

「在談有沒有辦法避免退學之前，我有事想問你。」

「什麼啊……」

「幫助龍園就表示跟你同班的其他人要退學，你了解這件事嗎？」

這是這場考試的重要部分。我必須先問好這件事。

「那是……是沒錯啦……」

「如果你了解的話，意思就是說你在班上有想要捨棄的候補人選嗎？」

「沒、沒有，我沒有想著要捨棄班上的夥伴。」

「這樣就矛盾了。這次考試的機制是一定會伴隨犧牲者。」

這不是可以輕率地說出想要拯救誰的考試。

「綾小路說得沒錯吧？假如你是認真想拯救龍園，你就先退學吧？如果你呼籲所有人把批評票投給你，說不定就可以拯救那傢伙了呢。」

雖然是個要把他推開似的冷淡意見，但事實上那就是機率最高的方法了吧。

龍園從同學那裡集中了大部分的仇恨。就算他擁有常人沒有的勇氣，是個會想到奇招的人才，但考慮到班上到目前掉到了最後一名，他會被班上捨棄也是必然。

「就沒有……誰都不用退學就能解決的方法嗎？」

「大家當然都會這樣想，然後放棄。」

「……我想也是呢。」

伊吹傻眼地短短地吐一口氣。

與其說我不可靠，倒不如說伊吹從一開始就很清楚這件事很胡鬧。

「這完全是在浪費時間啦，龍園的退學無法改變。」

「可惡……！」

石崎不甘心地捶牆壁。

「我認為龍園原本打算什麼也不做地過完這三年，但他在聽見這次追加考試的內容時，應該馬上就切換了想法，心想自己要被退學的話也沒辦法。所以他才會什麼也沒說，打算直到追加考試結束都安靜度日吧。」

龍園大概沒有在思考自我犧牲那種漂亮的事情吧。

他只是不抵抗而已。

「理解這點，也是龍園的仰慕者的職責。」

「我、我……」

石崎不甘心地緊握拳頭。

想救龍園嗎？

不管有多少敵人，他都有仰慕自己的夥伴，這不是件壞事。

雖然那傢伙或許不會承認，但龍園真是擁有不錯的夥伴。

我的腦中浮現了一條路。

但要執行的話還有好幾樣不夠的東西。

「如果要說有什麼是我可以建議的……」

「什麼?什麼都可以,你說吧!」

石崎把身體往前傾。應該在想不管什麼方法都要姑且一試吧。

但很遺憾的是,我會斬斷他的希望。

「就這樣讓龍園的個人點數消失會很浪費。如果他有持續收取A班的報酬,那龍園就已經存下了好幾百萬的點數。不是嗎?」

「是啊,他大概有那些點數。如果沒有花掉的話呢。」

「如果他就這麼拿著點數接受退學處罰,到時也完全不保證個人點數就會轉移或分配。既然如此,就應該在確定退學前先讓所有點數移動吧。之後對D班會有幫助。」

如果分配點數金額,自己拿到的份會縮水的話,那最好還是先收進自己的腰包。

假如是這點事情的話,龍園應該也會答應才對。

「我、我希望的才不是這種事情!而是拯救龍園同學的辦法!」

「別這樣啦,石崎,繼續下去也沒有意義。」

伊吹輕輕地踢了石崎,並且告誡他。

「可是啊,綾小路,我沒打算收留龍園存下的點數。」

她斷言如果要去求龍園讓自己收下點數，那還不如丟掉。

「是嗎？那石崎你呢？」

「我才沒有那種意思！」

就算他們想法本身不同，但方向還是一樣。

如果龍園要退學的話，那他們也要捨棄個人點數。

他們有這種覺悟。

不對，不是覺悟那種了不起的東西。

「很遺憾，你們是救不了龍園的。」

「唔！」

石崎一臉不知該判斷成憤怒還是不甘心地看著我。

「聽好，你們做得到的只有回收個人點數。這場考試沒有簡單到只是嘴上說要幫助誰，誰就能夠得救。」

「別開玩笑！從龍園同學那裡收下點數就跟他說再見？我怎麼可能做得到！」

石崎舉起拳頭。伊吹馬上就抓住阻止了他的拳頭。

「別做沒用的事情啦，這傢伙一臉普通，事實上卻是個無情的怪物。」

「就算敵不過他，我也要打他一拳！」

「你沒辦法吧。」

石崎被用力地打了頭。

「是說，這都是我們在做胡鬧的請求。綾小路說的話也沒錯，你完全是在惱羞成怒。這樣很不像樣，可不可以不要這樣啊？」

「唔……」

石崎剛才突然火大了起來。

他一談到龍園就沒辦法保持冷靜啊？

看來他們兩個都不打算行動。無處可去的好幾百萬點將會消失。雖然考慮到今後的D班，那絕對是應該先回收的東西呢。

如果身為夥伴的伊吹和石崎都不想要那些點數，那也沒辦法……

「其實我原本還想多見識一下你們的覺悟呢。」

「……啥？什麼覺悟啊？」

「這件事跟就連向龍園回收個人點數都辦不到的你們無關。」

我這樣總結。但我還是有一半的把握——有把握伊吹他們一定會從龍園那裡把個人點數收回來。

5

考試前一晚。我的手機十點過後響了起來。

『是我。我把龍園所有的個人點數都回收了。』

伊吹只說了出事實。

「真虧妳知道我的聯絡方式啊。」

我試著這麼問，但伊吹沒有任何回應。

我有把號碼告訴椎名，應該是從她那裡問到的吧。

「是嗎，妳回收了啊。」

我原本就覺得她會行動，但時間還真極限呢。

「妳現在可以帶石崎過來我的房間嗎？」

『咦？現在？』

「有問題嗎？有關妳回收的個人點數，我有話要說。」

『是可以啦……我知道了。』

伊吹簡短地答應，說會立刻聯絡石崎就掛了電話。

他們似乎有了某種預感，短短十分鐘左右就現身了。

石崎和伊吹就這樣立刻進到我的房間。

「龍園有多少點數？」

「五百多萬。」

「很足夠了。因為要是不夠的話，我也必須趕緊去準備呢。」

果然沒有揮霍過的跡象。

「這是怎麼回事？你打算怎麼做？」

石崎完全看不透接下來的發展。

伊吹已經做好覺悟，所以沒有猶豫。

「你應該是要利用這些點數去做些什麼吧？」

「答對了。」

「做些什麼是指……？」

「要利用個人點數做的只會有一件事。我們要用那筆點數拯救龍園。」

「不、不對，等一下啦。這不就是指之前兩千萬點的那件事嗎？」

點數根本不可能足夠。

「在這之前，我有事要問你。石崎，你有足以承擔的覺悟嗎？」

「幹、幹嘛啊，突然這麼問？是說承擔的覺悟是指……？」

「要留下龍園就代表著要捨棄別人。我說過了吧？」

「……對。」

石崎很慌張，但還是點了點頭。

「我做好覺悟了。」

「這樣啊，你有做好那種覺悟就好。所以，你打算捨棄誰？」

「捨棄誰……」

石崎還沒完全決定好要捨棄誰。

「你沒辦法決定的話，我也可以幫你決定。如果這樣就會減輕你的罪惡感，那這件事情應該也很簡單。當然，你要是認為我打算不謹慎地捨棄你們班上的主要人物，你也不必遵從我的提議。」

「等、等一下，讓我考慮一下……」

「沒時間了喔。」

「我、我馬上就會做出結論。」

雖然他這麼說，但如果這樣就可以決定好，那他就不用辛苦了。

「等一下啦。要捨棄誰是無所謂，但關鍵的戰略呢？就算你說要用點數救人，但現在也還不夠一千五百萬點喔。」

伊吹會焦躁也是理所當然。

話雖如此，我這邊也有苦衷。

「為了不讓龍園退學，我想請你們決定要把誰當作目標。」

說明詳細戰略要在這之後。

「例如說，你們班的問題兒童是誰？」

雖然這樣對抱著不滿的伊吹很抱歉，不過我還是要繼續推進話題。

「說到問題兒童……唉，我跟小宮都算是吧，女生的話大概就是西野或真鍋。」

「在留下龍園的過程中捨棄你這種有能力理解龍園的傢伙，老實說並不是上策。要是再有一次類似的考試，也不保證龍園下次就能留下來。」

然後石崎的腦中應該想到什麼學生了吧。

「換句話說，就是西野或真鍋了……」

他這麼說出口。

這兩個名字我都聽過。真鍋是我之前打算剔除的學生。

話雖如此，主導權也在石崎他們手上。

我打算聽完他們決定要捨棄哪個學生，就遵從他們的選擇。

「你要捨棄哪一個人，或是要捨棄其他人，這些由你來判斷就可以了。」

石崎也知道真鍋跟惠在船上考試時有過爭執。如果這件事情有給他的想法帶來百分之一的影響，那石崎要捨棄的人物十之八九就會是「真鍋」了吧。

他會尋找捨棄對象的缺點。尋求「因為有這種理由，所以對方被捨棄也沒辦法」這種心靈上的退路。就算讓對惠出手、自找麻煩的真鍋退學也沒辦法。

石崎心裡萌生出這種想法。

儘管就問題來講已經封住了，但對惠來說，真鍋的存在還是會讓她很在意，這是無可改變的。光是減少這件事，惠的心靈上都會比較從容一些。同時，只要我暗示惠是我排除真鍋，她對我的信任度也會再往上提昇一階。

然而，從令人意外之處卻飛來了一句話。

「可以給我決定嗎？」

「咦？妳嗎？」

「對，因為我想讓一個人退學。」

「誰啊？」

我沒等石崎同意，就這麼問道。

「我想捨棄真鍋。雖然這單純是我個人的好惡。」

「憑那種標準來決定好嗎？」

「反正就是這樣，有什麼關係？不是嗎？」

伊吹的眼神中沒有迷惘。我立刻就理解了這點。

「石崎沒有異議的話，就決定是真鍋了。不過，這件事情還沒有保證。這樣只會消除龍園的退學，拿下最多批評票的傢伙還是會退學。現在需要為了降低你跟伊吹變成那種對象的可能的方針。剩下的時間不多了。」

「我知道了……我會跟男生說票數上有調整，要把票投給真鍋。只要說是要藉由讓她拿下僅次於龍園的批評票數，達成讓她害怕的目的，我覺得他們就會參與了。」

「這是個不錯的點子。」

我採納了石崎的主意。

我認為如果他們會投給龍園的批評票是決定性的，那就算其他學生之間有一些票數的往來也不會構成太大的問題。

「……唉，雖然說不定是我會陷入窘境。」

「啊？這是怎麼回事啊，伊吹？」

「真鍋她們大概也會把我的名字跟龍園一起寫上去，所以我勢必會有危機。」

「等、等一下啦，這是真的嗎？」

「你至少也知道我跟真鍋的關係不好吧？」

「這……唉，是沒錯啦……」

剛才腦筋沒轉過來的石崎感到很動搖。

「這也就是說，伊吹也做好了覺悟。」

如果到時退學對象變成真鍋以外的人物，當然也只能請他們放棄了。

「女生那邊，妳去找日和商量就可以了。」

「找椎名？」

「她在這次的事情上說不定可以幫上什麼忙。妳只要聯絡她，說是為了拯救龍園，而希望把批評票集中在真鍋身上就好了。」

「……我知道了。」

伊吹點頭，向日和傳了訊息。

「妳跟日和有來往嗎？雖然我不認為那個人會參與捨棄真鍋的戰略。」

「我有試著簡單問過她關於這次考試的事情。」

雖然那傢伙也是和平主義的學生，但她尊重班級的意思也很強烈。

「她說過只要對班級有幫助都會幫忙。因為她判斷龍園留下才會對D班有益，所以應該願意

幫忙。」

盡量控制男生跟女生的票數。

減少對真鍋的讚美票，增加對真鍋的批評票。

增加對伊吹的讚美票，減少對伊吹的批評票。

光是這樣，一開始存在的巨大差距就會一口氣銳減了吧。

「那麼，把你的作戰告訴我吧。你打算怎麼靠五百萬救人？」

伊吹的眼神在催促我快點。

我拿起手機，對某人傳出一則訊息。

接著對方馬上已讀，說要來我的房間。

因為距離時限剩下不到兩小時了呢。

虧她能忍耐著等我。

「你在幹嘛？」

「現在有個人會過來。那傢伙就是阻止龍園退學的王牌。」

「阻止退學的……王牌？」

他們一時之間應該無法相信吧。

接下來過了幾分鐘，我房間的門鈴響了起來。

伊吹跟石崎都加強了戒心。

「讓對方看見我們跟你待在一起也沒關係嗎？」

「這部分不用擔心，但我要拜託你們稍微統一口徑。」

我在訪客到來前的那段期間先告訴他們兩個該怎麼說。

6

「打擾了——」

他們當然會對於出現在我們面前的訪客感到驚訝。

恐怕是完全沒想像過吧。

「真的假的……？」

「唔喔。」

「哇。雖然我原本就覺得可能會有什麼人在啦……晚安。」

「晚、晚安。」

石崎不知為何有點害羞。

沒錯，過來我房間的就是一之瀨帆波。

D班伊吹與石崎同席而坐。

伊吹看見一之瀨後，總算找到了答案。

「也就是說我們的利害一致呢。」

「什麼啊，這怎麼回事？」

還搞不清楚狀況的石崎偏了偏頭。

「好像是呢，伊吹同學。」

「不會有什麼品味特殊的人幫助龍園。就算出現說要投他讚美票的傢伙，也不知道那是真是假。可是……好像也有例外。」

「這、這樣啊，意思就是要讓一之瀨統籌B班嗎……！」

石崎也終於意會過來了。

「嗯，我會呼籲大家，拜託他們把B班擁有的四十張讚美票全部投給龍園同學。相對的，伊吹同學要填補我們不夠的個人點數。」

這是該使出且僅有一次機會的戰略。

一之瀨從入學開始就想到從夥伴那邊收集並存下個人點數的作戰。龍園則與A班結下契約，不斷存著個人點數。

正因為是他們兩人，所以才可以執行這個作戰。

「如果你們合作的話，B班就不會出現退學者，D班就會留下龍園。」

不管龍園聚集多麼大量的批評票，最多也就是三十九張。

受到B班的掩護時，龍園的扣分就會全部消失並且轉為加分。

伊吹跟一之瀨對上眼神。

平常不會扯上關係的兩人之間沒有建立任何信任關係。

不過，只要彼此看著對方的眼睛，就可以在一定程度上判斷能否信任。

一之瀨把視線從伊吹身上移開，然後也往我的眼睛看過來。

「我是要使用兩千萬點，拯救確定退學的學生……沒錯吧？」

接著又把視線移回伊吹身上。

「妳要怎麼做？決定要不要接受的是妳，一之瀨。」

一之瀨有選擇權。

因為她也有拒絕伊吹他們的提議，並向南雲借助力量的選擇。

「我的答案已經決定好嘍。只要伊吹同學和石崎同學願意的話，那就請你們幫助我。」

「真的可以嗎？」

「嗯，畢竟我也確認過你們兩位的想法。」

「你真的是笨蛋耶，一之瀨。」

「咦？」

「妳即使被傳了各種不好的謠言，也和大家存下了那些點數，可是卻要在這種地方全部吐出來。」

「個人點數再存就好。畢竟我知道只要花上一年，也不是不可能再存下將近兩千萬的點數呢。再說，我覺得伊吹同學也沒資格說我喲。現在的話，妳也可以把五百萬點收進自己的口袋裡，但是妳還是決定為了龍園同學全部花掉。」

伊吹沒有回答，撇開了眼神。

「妳跟我不一樣……再說，因為我們班會有人代替龍園吃虧，而那也很可能會是我。」

「即使如此妳還是會救龍園同學吧？」

「我只是……不喜歡就這樣欠他一個奇怪的人情就結束。」

這是做好會被其他夥伴怨恨的覺悟，才做出的救助行動。

伊吹把指定的個人點數額度傳送到一之瀨的手機。

「確認吧。」

「嗯。」

一之瀨立刻確認自己的點數餘額，看看有無達到兩千萬。

「謝謝，完美地達到嘍。」

他讓我們看手機，證明這確實是兩千萬點。

「在這裡舉行的談判會由我當證人。我也把對話內容都記錄下來了。」

我拿出手機，表示公平性。

「伊吹提供大約四百萬點，而一之瀨則要讓四十人全體對龍園投下讚美票當作回報。假如違反約定——」

「雖然我不覺得自己這樣就算是有盡到責任，但到時候我會自主性退學。」

當然，我和伊吹、石崎都認為不會發展成那樣。

因為有過鉅額交易的這件事也會留在學校的紀錄上，她就算被認為是在詐騙交易也不足為奇。

不過，正因為對象是一之瀨帆波，所以伊吹他們也才能夠放心交給她吧。

這就是我、一之瀨、伊吹、石崎之間發生過的事情。

校舍後方一片寂靜。

「你要是認真起來就可以不被退學。你當時會那樣斷言，就是因為有這招吧？」

「嗯，因為我知道一之瀨那傢伙存著點數，再說她又一副濫好人的樣子。我認為她就算討厭我，也還是有交涉的餘地。不過，伊吹沒有足以利用個人點數交涉的話術與智慧，所以我才會放心地交給她……想不到你會牽扯進來呢。」

「伊吹他們拜託我幫忙，於是就順便利用了他們。因為對我來說，這是我跟一之瀨建立信任關係上的一個令人感激的事件呢。要是我直接去你那裡，你就會看穿我的作戰，而且不交出點數了吧？」

「你沒向伊吹做任何說明是正確答案呢。」

要是我做出那種事情，龍園就會刺探情報，看穿伊吹的背後有我。

「把真鍋那傢伙當作攻擊目標的是你嗎？」

從惠是真鍋的霸凌目標來看，他會這麼也想是當然。

「沒有，那只是偶然。你知道她和伊吹的關係也很差吧？」

「原來如此，就她來講還真是果斷啊。真鍋那傢伙可是痛苦哀號了一番呢。」

我隱約想像得到她在教室裡做出了怎樣的反應。

「意思就是說我被石崎和伊吹救了嗎？他們還真是幫倒忙。」

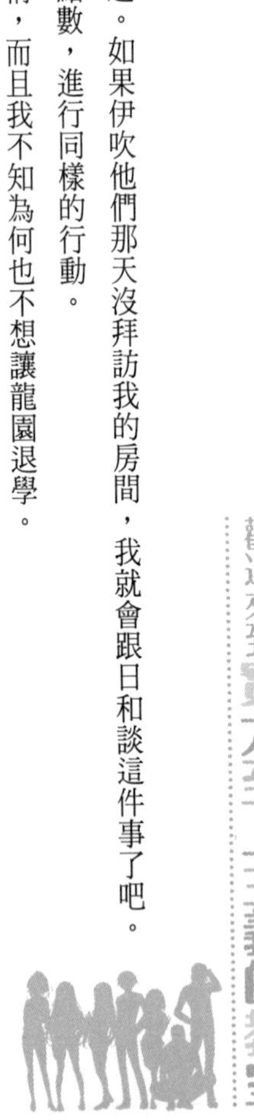

「可能吧。」

我刻意沒繼續深入話題。如果伊吹他們那天沒拜訪我的房間，我就會跟日和談這件事了吧。

然後再讓她回收個人點數，進行同樣的行動。

這是為了賣一之瀨人情，而且我不知為何也不想讓龍園退學。

這次的考試上，我心裡交織著這些想法。

「如果下次也舉行一樣的考試，你要怎麼辦？」

「呵呵，不知道耶。」

什麼也不做——他沒這麼說。

意思就是說，龍園心裡對伊吹和石崎應該也有些想法吧。

如果龍園不久之後重返前線，說不定就會變得很有趣了。

雖然會不會變成那樣，當然還是要取決於龍園。

我的手機響了起來。畫面顯示出一之瀨的名字。

龍園知道有人打給我，就不發一語地背對著我走回學校。

「B班好像沒有出現退學者呢。」

『嗯，我們把票集中在願意接受批評票的神崎同學身上，決定了退學者，接著支付兩千萬點取消退學處分。雖然時間緊迫，但B班所有人都平安無事喲。』

「這樣啊，但你們付出的代價不便宜呢。」

雖然這樣是一時性的，但這樣B班就會變得比D班還要貧窮。

雖說四月會收到一次匯款，但他們還是會過上相當艱苦的生活。

再說，升上二年級說不定馬上就會需要個人點數。

事到如今也不必確認這點了吧。

『就算失去個人點數，也還是可以賺回來，但要是少了任何一名重要的夥伴，那對方就再也回不來了呢。』

看來我說了多餘的話。

一之瀨毫無迷惘。

可見她要和B班所有成員畢業的想法很堅定。

『雖然龍園同學說不定會不喜歡這種結果呢。到頭來退學的好像是真鍋同學。』

我沒提到才剛跟他見過面，把這件事情輕輕帶過。

「妳跟真鍋很親近嗎？」

『不算很親近，大概是有說過幾次話的程度吧，雖然我還是會覺得寂寞。而且A班沒了戶塚同學，C班則是沒了山內同學……』

她說不定還無法想像這是實際發生過的事情。

『之後還會像這樣有某個地方的誰消失嗎？』

感到不安的一之瀨問道。

「說不定吧。」

理所當然般存在的學生突然消失無蹤。

「即使如此妳還是會一直反抗吧？」

『嗯，我會跟現在的所有夥伴升上A班然後畢業。』

說不定之前為止都還有人會對一之瀨打下偽善者的烙印。

然而如此一來，那種形象就會徹底抹除了吧。

大家會覺得一之瀨不論發生什麼事，都會為了守護班級一直戰鬥到最後。

『……真的很謝謝你，綾小路同學。要是沒有你的話……』

「妳就會跟南雲交往了嗎？」

『……嗯。』

一之瀨肯定地回答。

『雖然我也知道這件事情很蠢。我告訴過自己，如果這樣同學就會得救的話，那代價應該很便宜。可是——像這樣知道不用選擇這種手段就能夠解決，我就打從心底鬆了口氣。』

透過電話可以知道她撫胸似的吐了口氣。

『因為我覺得自己哪天一定會後悔。』

一之瀨這樣說完，又笑了出來。

「假如沒有我跟學生會長的話，妳這場考試會怎麼做？」

『……你要問這種事啊？』

「我很好奇呢，妳應該不是什麼也沒在想吧？」

『嗯，計畫有兩個。一個就是我退學的選擇。』

一之瀨果不其然也把自己的退場納入了考量嗎？

『不過啊，總覺得那有點不對呢。我也是這所學校的學生，我也有想要戰鬥到最後的想法。』

既然這樣，意思就是說另一項計畫才是最有可能的選擇嗎？

『另一個計畫啊……就是抽籤喲。』

「原來是這樣……」

這是好像誰都想得到，但不會被許可也不會成立的一件事。

「B班所有人都有覺悟會變成抽籤嗎？」

『嗯。討論上決定假如當天之前都沒辦法準備出避免退學的手段，到時候就抽籤寫下三個抽到「沒中獎」的人名，而讚美票要投給誰就不做討論、臨場應對──就是這種感覺。』

如果要不以學生優劣之類的標準，而是要徹底地對等處理的話，那也只有這樣了吧。

雖然就算是一之瀨抽到籤，她也會被讚美票抵消掉，不過所有人都還是會接受的吧。

「這是有盡量做到平等的處置，但在別班絕對不會成立呢。」

學生越優秀當然就越會否定。

『雖然任何人都不想退學，但他們也不會想看到夥伴消失的樣子。我好好說明之後，大家都接受了。』

正是因為有一之瀨這個絕對性的領袖，所以才能達成吧。

「我真的很佩服妳。」

因為是透過電話，所以大概不會傳達過去，但我還是低下頭，向一之瀨表示了敬意。

戰略本身沒什麼大不了的。

身處在可以執行那些戰略的環境下才厲害。

『那麼，先這樣啦。真的很謝謝你，綾小路同學。』

「我只是出面調停，妳應該去感謝龍園跟他的夥伴呢。」

我看見一封郵件寄來了我這裡。

「是坂柳啊。」

雖然不知她是從何得到消息，但我還是姑且露個臉吧。

我以為她一定會來看布告欄……

我前往寄信聯絡會在特別教學大樓等我的坂柳的身邊。

雖然已經要超過約定時間了，但現在的話應該還能會合吧。

我立刻抵達特別教學大樓，上次單獨深談的地點。

「你來啦？」

「既然妳知道我的信箱，那應該也有掌握到我的電話號碼吧？」

「因為我覺得如果不能見你，那也沒關係。」

「妳有什麼事？」

「我是覺得姑且先跟你說明一下。」

坂柳說完，就拄著拐杖稍微拉近了跟我的距離。

「因為我做出了會讓你混亂的行為，我想你應該會有點不安，不過這擔心好像是多餘的呢。」

坂柳說的當然是利用山內對我集中批評票的事情。

「在妳來直接談判說要保留勝負的時間點，我就相信了妳九成。不過，我也沒辦法完全信任妳呢。於是我這邊就姑且出了招。」

「我知道。不過，這樣並不算是打破約定，對吧？」

「妳不會對我帶來任何負面影響──這些話也不是假的呢。」

雖然對我強加了精神負擔，但只看結果的話，我就是個擁有壓倒性讚美票的人。實在沒有值得我責備坂柳的因素。

「謝謝你。」

坂柳微微低頭表示謝意。

「對了……戶塚同學的批評票是三十六張，我們對他投下的批評票總共是三十八張才對，那是你投的嗎？」

「我原本沒有把握，但因為我認為妳說要讓葛城退學是在虛張聲勢。」

這麼一來，葛城的小弟彌彥被盯上的可能性就會變高。

雖然就算投他一票也不會有什麼改變。

「真棒。你果然是我應該打倒的對手。」

「然後呢？這次的事情只是妳想捉弄我嗎？」

「這……要說沒有的話就是在說謊呢。不過，我在這次的考試會說希望讓勝負延期是有理由的。雖然我不久前也說過類似的話，但這場追加考試無庸置疑是某人為了讓你退學而請人準備的舞台。因為實際上寄信給我的人物，就有來請我讓你退學。」

「信？」

「是的。對方應該是把我父親逼到停職的校方的人吧。因為這場追加考試，校方原本也不是要我們對別班投下讚美票，而是打算讓考試以投下批評票的形式進行，所以應該不會有錯吧。這考試實在是很不講理，對吧？」

「假如這種規則強行過關，不管是什麼學生，我們都能勾結並且讓對方退學呢。」

那就會是一場很亂來的考試，不管目標是坂柳還是一之瀨，只要想打倒就能打倒。

「嗯。也是因為現任教職員們的強烈反對，所以才得以避免那種情況。協助這種事情讓你退學是最沒意思的。所以，為了不論發生什麼都能夠保護你，我決定把A班擁有的所有讚美票都投給你。因為藉由這麼做，不管誰在暗中策劃什麼，你都沒辦法被退學。」

「既然這樣，為什麼是山內？他只是偶然被妳利用嗎？」

「你記得嗎？以前合宿時他撞上我，態度還很沒禮貌。」

這麼說來，也是有這麼回事呢。

「這是那件事情的報復喲。」

意思就是說，他因為那點小事就被當成攻擊目標了嗎？

不對，說不定光是那樣對坂柳來說就很足夠了。

「不過我只是製造了契機。他只是因為是班上不需要的學生，所以才會遭到排除。」

「是啊。」

這次的考試，即使坂柳不干涉，結果也幾乎是一樣的吧。

「這些就是我避開這次考試的最大理由。接著就是如果我父親盡早復職，學校恢復到正常的營運，那就太好了——」

沒有人煙的特別教學大樓。

這個只有我們兩人的空間裡，突然冒出了人影。

「嗨，你們好。」

一名穿著西裝的男人現身在我們面前。

「我是第一次來到這所學校呢，你們知道職員辦公室在哪裡嗎？」

「職員辦公室嗎？你還真是找錯了地方呢。對了，不好意思，請問你是誰？」

「我是這次擔任代理理事長的月城。」

他有禮貌地揮手，露出溫柔的笑容。

年齡應該是四十多歲，跟坂柳的父親一樣是個年輕的理事長。

「呵呵，這樣啊。不過，居然會偶然迷路踏入這裡，代理理事長好像很沒方向感呢。或者……我想你應該是從監視器找到我們並前來刺探情況的。這裡是我跟綾小路同學在考試期間用來密會的地方。如果你一直有在監視狀況，要前往這裡也很容易呢。」

聽見這些話，我就想起了坂柳以前表現出的不自然視線。

如果有什麼人看著她在這裡見我的話，說不定就能引誘出對方了。

這些行為是基於這種想法。也就是說對方上鉤了。

代理理事長月城以笑容帶過坂柳的這番話。

「妳這孩子真是說出了有意思的話呢。哎呀呀，我聽說這裡是會令人非常愉快的學校，每個人都是像妳這樣的學生嗎？那麼，我就告辭了。」

男人像要從我們之間通過似的走過來。

「如果要找職員辦公室的話，就要掉頭再下樓喲。不是這棟校舍。」

坂柳有禮地告訴月城，月城則保持笑容，踢飛了她的拐杖。

坂柳當然無法應對這種意外的行為，就快要跌倒——

「噢。」

我急忙掩護似的抱住她，粗壯的手臂就立刻瞄準了我的身體。

我抱著坂柳無法動彈，接下了一擊，但還是盡量減輕衝擊，讓坂柳坐到地上。接連逼近而來的手臂捉住了我的脖子，一股怪力把我抵在牆上。

「你不像傳言中那麼厲害呢，綾小路清隆同學。」

我的喉嚨被大力按住，沒辦法發出聲音。

這是從他的外表想像不到的力道，很難輕易地掙脫開來。

「……你還真是做出了不得了的事情呢，代理理事長。」

「我應該對妳做出了指示喔，內容是請妳讓他退學。」

「那封郵件是你的夥伴寄來的嗎？既然學校的相關人士不能露骨地讓學生退學，想拜託我這種人也是理所當然呢。」

坂柳慢慢地起身，然後笑了出來。

「真是幫了大忙，綾小路同學。」

叫身體有不利條件的坂柳閃開那種狀況是難以達成的事情。

這也可能不是只有跌倒就可以了事。

「你覺得代理理事長對學生做出暴力行為不會造成問題嗎？」

「不用擔心，因為我已經把照著這裡的監視器替換成假的影像了。」

總之，不論發生什麼也不會在紀錄上留下。

「那麼，這是你父親大人的口信喔，據說是『我沒打算繼續奉陪這種兒戲，給我立刻回

來』。如果你的答案是YES，眼睛就眨個兩下吧。」

他不讓我說話，甚至也不準備NO的選項。

這作風很有那男人的風格。

「意思就是你沒打算自主退學。」

我不做任何回答並貫徹沉默，代理理事長就覺得無趣地這麼嘟噥。

「你不試著做出任何抵抗嗎？讓我看看你不是普通小孩的一面啊。」

他給我的喉嚨帶來的衝擊變強了。

這種本領的對手不是普通學生能處理。這是經過千錘百鍊的對手。

「你只有洞察力夠格呢，我可是很想見識你的力量。」

他再次重複挑釁。

但我沒有表現任何抵抗。

過了不久，月城領悟到我無意反擊就鬆了手。

「正式來說，我在這間學校是四月開始活動。敬請期待。」

男人只傳達這點，就離開了特別教學大樓。

「很聰明的選擇呢，綾小路同學。」

坂柳稱讚了沒有做出任何抵抗和反擊的我。

「對方是代理理事長。如果我貿然地反擊，也不知道會被怎麼利用。」

他說監視器拍到的是假的畫面，但也不保證他沒有錄下剛才在這裡的畫面。如果只有我對代理理事長施暴的影像被剪出來的話，我就完蛋了。

「你沒事吧？」

「不用擔心，我很習慣那種做法。比起這個，坂柳。」

「嗯，什麼事呢？」

「下次考試，就正式地跟我一決勝負吧。」

我這樣告訴坂柳，她睜大雙眼，似乎很驚訝。

「沒想到你會像這樣當面對我說。」

「如果那個男人四月就會來干涉的話，我也沒有長時間奉陪妳的餘力。我想明確地分個清楚，藉由這次做個了結。」

「沒關係，沒必要比到兩次或三次。我很樂意當你的對手。」

一年級最後一場考試不久後就要開始了。我要靠那次機會結束坂柳希望的對決。

星期一。

山內應該有來上學。

因為那場考試就退學，應該只是個威脅。

學生裡應該也有人抱著那種些微的期待吧。

然而現實是無情的。

排在教室的桌子數量，從週末開始就少了一張。

山內春樹的容身之地已經不存在於任何地方。

平田臉上沒有笑容。

櫛田也不帶笑容。

而須藤跟池他們也少了一股積極感。

「——那麼，接下來我要發表第一年度的最後一場考試。」

我們一年C班即將進入第一年度最後一場特別考試的階段。

後記

嗨——各位好嗎？新年快樂！我是沒什麼特別理由地在半夜寫後記，並且興致高昂得恰到好處的衣笠。

嗯，每當年紀增長，就會逐漸覺得深夜還醒著很辛苦。我十幾歲的時候，可是曾經連續醒著兩天（四十八小時）喔！不過，像這樣自豪著這種沒什麼了不起的事，現在感覺起來也很不真實。倒不如說，我是從什麼開始會覺得「自己居然醒了這麼久（二十小時）要死了」呢？人每天還是至少睡六小時以上吧。

好的，呃——這次一年級篇終於……

還……沒有結束！

我在上次的後記說過下次或許就會結束，結果還是沒有完結！

我會那樣說，其實是因為這次第十集原本是打算寫「追加考試」、「一年級最後的考試」，但光是前一項就耗掉了大半的頁數。因為也不能硬塞進去，所以就變成了這種形式。

結果意外地變成了很濃厚的一集，下次一年級篇一定會結束，然後預定夾著一本中場休息（慣例？的點五集），再升上二年級。

雖然如果寫在後記的話，安排上都會有變動，所以我還是有點不安。

……我就不去多想那件事了。

有別於作品，現實中的一年真是時光飛逝！不久前才剛到二〇一八年，現在居然就已經二〇一九年（註：日本發售時間）了，真教人難以置信。

雖然很想從四個月一本進步到三個月一本，但這幾年都無法執行，實在讓我很焦急。不過，我還是一直都有以三個月一本為目標喔！

二〇一八年也一如往常地受到插畫家トモセ大人以及編輯大人的關照。我在二〇一九也會好好地讓你們照顧，還請你們多加疼愛我！

因為諸多緣由，還請各位二〇一九年也多多關照我與這部作品。

國家圖書館出版品預行編目資料

歡迎來到實力至上主義的教室 / 衣笠彰梧作 ; Arieru譯. -- 初版. -- 臺北市 : 臺灣角川, 2020.01-

冊 ; 公分. -- (Kadokawa fantastic novels)

譯自 : ようこそ実力至上主義の教室へ

ISBN 978-957-743-515-6(第10冊 : 平裝)

861.57 108019525

歡迎來到實力至上主義的教室 10

（原著名：ようこそ実力至上主義の教室へ 10）

2020年1月31日 初版第1刷發行
2022年11月24日 初版第8刷發行

作　者：衣笠彰梧
插　畫：トモセシュンサク
譯　者：Arieru

發行人：岩崎剛人
總編輯：蔡佩芬
編　輯：黃怡珮
美術設計：宋芳茹
印　務：李明修（主任）、張加恩（主任）、張凱棋

發行所：台灣角川股份有限公司
地　址：104台北市中山區松江路223號3樓
電　話：（02）2515-3000
傳　真：（02）2515-0033
網　址：www.kadokawa.com.tw
劃撥帳戶：台灣角川股份有限公司
劃撥帳號：19487412
法律顧問：有澤法律事務所
製　版：巨茂科技印刷有限公司
ISBN：978-957-743-515-6